PRIX : **60** *centimes.*

ERNEST DAUDET

LE PRINCE
POGOUTZINE

PARIS

Ernest FLAMMARION, Éditeur

26, rue Racine, 26

LE

PRINCE POGOUTZINE

A LA MÊME LIBRAIRIE

OUVRAGES DU MÊME AUTEUR

Collection in-18 à 3 fr. 50

FILS D'ÉMIGRÉ, roman. . . . . 1 vol.
LE GENDARME EXCOMMUNIÉ. . . . . 1 —
MŒURS DU TEMPS . . . . 1 —

Collection des « Auteurs Célèbres » à 0 fr. 60

LE CRIME DE JEAN MALORY . . . . 1 vol.
JOURDAN COUPE-TÊTE . . . . 1 —
LE LENDEMAIN DU PÉCHÉ . . . . 1 —
LES DOUZE DANSEUSES DU CHATEAU DE LAMÔLE. . 1 —
LE PRINCE POGOUTZINE . . . . 1 —
LES DUPERIES DE L'AMOUR. . . . . 1 —

ÉMILE COLIN — IMPRIMERIE DE LAGNY

ERNEST DAUDET

LE PRINCE

POGOUTZINE

PARIS

ERNEST FLAMMARION, ÉDITEUR

26, RUE RACINE, PRÈS L'ODÉON

LE

PRINCE POGOUTZINE

I

Dans les premiers jours du mois de mai 1867, vers trois heures de l'après-midi, une de ces jolies voitures découvertes qu'on désigne sous le nom de victorias, attelée de deux fringants chevaux arabes, s'arrêta dans la rue Notre-Dame-des-Champs. Un homme de tournure élégante et jeune sauta sur le trottoir, poussa, d'une main ferme, une porte entre-bâillée devant lui, et entra dans un jardin dessiné avec goût, entretenu avec soin, au fond duquel on découvrait, à moitié cachée derrière trois platanes, une petite maison à un seul étage. En avant et à droite de cette maison, se trouvait un pavillon en briques, dont les croisées hautes et larges laissaient deviner qu'il y avait là un atelier de peintre ou de sculpteur. Le nouveau venu se dirigea de ce côté. Il n'avait pas fait trois pas dans le jardin qu'un jeune homme sortit de l'atelier pour marcher à sa rencontre.

Ce jeune homme, âgé de vingt-huit ans environ, était de petite taille, d'une complexion un peu frêle. La maigreur de son corps, la pâleur et la transparence de son visage, l'éclat et la mobilité de son regard annonçaient une organisation maladive, ou tout au moins nerveuse à l'excès.

— M. Robert Lagardie ? demanda le visiteur.

— C'est moi, monsieur.

— C'est bien vous que je désirais connaître. Je suis le prince Pogoutzine.

Celui qui s'exprimait de la sorte touchait à la quarantaine. Il était grand, bien fait, brun de cheveux et de peau. Sa moustache soyeuse laissait à découvert des lèvres rouges et lippues. Ses traits se distinguaient par une régularité qui eût fait honneur à ceux d'une jolie femme. Seul, le nez déparait l'ensemble, — un nez fort et aplati à son extrémité. Les yeux tranquilles et profonds étaient gris, mais inquiétants à cause de leur fixité. Tout dans cette physionomie trahissait l'intelligence, la force, mais non la bonté.

Lagardie fut désagréablement impressionné par cette expression singulière des traits, du regard, qui révélait une nature despotique, cruelle, et plus encore par cette voix métallique qui vibrait à ses oreilles pour la première fois. Mais, en entendant ce nom qui était celui d'un grand seigneur étranger, connu dans le monde des arts, il s'inclina. D'un geste, il invita le prince à entrer dans son atelier ; — salle immense, véritable musée de curiosités et d'objets artistiques : tableaux, gravures, statuettes en plâtre et en bronze, tentures en tapisseries de Beauvais et des Gobelins, bahuts, costumes étrangers, glaces de Venise, animaux empaillés et trophées d'armes.

Au milieu de l'atelier, il y avait trois chevalets, portant des toiles commencées ; un guéridon sur lequel s'épanouissait un énorme bouquet de lilas blancs et de roses, dont les tiges baignaient dans un vase en porcelaine de Chine et dont les fleurs répandaient autour d'elles un parfum frais et pénétrant.

Pogoutzine embrassa d'un seul regard cet intérieur charmant. Rien n'y pouvait choquer le goût le plus pur et le plus exercé. Certains détails de l'ameublement révélaient la main d'une femme. Mais ce qui le frappa surtout, ce fut un grand tableau placé en face de la porte, dont il ne pouvait voir que le cadre doré, la toile étant cachée sous un rideau de soie rouge. Sa curiosité fut vivement excitée. Mais, il eut le bon goût de ne pas la manifester.

Cependant Lagardie lui avait offert un fauteuil. Il y prit place et, s'adressant au jeune homme debout devant lui, il dit :

— Vous avez exposé au salon un tableau, une vue des étangs de Ville-d'Avray. Je désirerais l'acheter, s'il est à vendre.

— Il est vendu et j'en suis désespéré, prince ; d'autant plus désespéré que, depuis longtemps, j'ai l'ambition, peut-être prétentieuse, de voir un de mes tableaux figurer dans votre galerie.

— Votre ambition n'a rien d'exagéré, monsieur. La mienne est égale à la vôtre, et c'est pour cela que j'aurais souhaité d'avoir cette toile.

— Elle appartient à Chambert.

— Le marchand d'estampes ! s'écria le prince.

Sur un signe affirmatif de Lagardie, il ajouta :

— Il me la cédera, j'en fais mon affaire.

En parlant ainsi, Pogoutzine s'était levé. Avec l'intérêt qu'y peut mettre un amateur, il examinait les objets d'art épars autour de lui. Mais, malgré tout, son regard revenait toujours vers le tableau voilé qui avait d'abord frappé ses yeux.

— Faites-vous le portrait ? demanda-t-il soudain.

— Rarement.

— Vous préférez le paysage ?

— Ce n'est pas une question de préférence. La nature me plaît et je l'admire dans toutes ses manifestations. Mais je ne saurais peindre les traits du premier venu. Je travaille à mes heures et ne consens à faire un portrait qu'autant que le modèle me plaît.

— Voudriez-vous peindre une jolie femme ?

— Lorsque je la connaîtrai, je vous répondrai, prince. Il faut que, sous les traits, je sente l'âme.

Pogoutzine regarda le peintre avec bienveillance.

— Vous avez raison d'être indépendant, monsieur.

— C'est mon seul mérite. Au surplus, je ne dois pas vous cacher que, jusqu'ici, je n'ai peint qu'un portrait.

— Un seul ?

A cette question, le peintre se dirigea vers le tableau voilé. Tirant un cordon qui fit glisser les rideaux sur une tringle, il découvrit la toile en disant :

— Le voici.

C'était un portrait de jeune fille qui aurait pu être signé des meilleurs peintres de ce temps. Tout y était parfait : dessin, couleur, lumière. Mais c'est moins la perfection artistique de l'œuvre, qui excita l'enthousiasme de Pogoutzine, que la femme elle-même. Il en avait vu beaucoup durant sa vie de libertin, surtout dans ce Paris, monstre toujours affamé de voluptés nouvelles, où le vice réunit, après les avoir recrutées dans toutes les parties de l'Europe, les créatures les plus idéalement belles. Mais jamais ses yeux ne s'étaient reposés sur un être animé aussi adorable, aussi séduisant que la personne dont le portrait était devant lui.

Elle avait dix-huit ans. Elle était représentée debout, portant une gerbe de fleurs dans un pli de sa robe blanche, sous laquelle on devinait des formes d'une exquise pureté. Les cheveux, d'une éclatante couleur rousse, ardents, lustrés, comme s'ils eussent reflété un rayon de soleil, flottaient au vent, à peine retenus par un ruban bleu. Sous le front encadré de boucles folles, frissonnantes, crêpelées, ses yeux noirs s'ouvraient, largement fendus, naïfs, étonnés, timides, exprimant la pudeur et la surprise, souriant à quelque révélation mystérieuse de l'amour et du printemps. La bouche était plus gracieuse que petite; les lèvres d'un beau rouge, noyées, comme une branche de corail, dans un teint qu'on pouvait appeler, sans exagération, un teint de lis et de roses. La robe montait jusqu'au-dessus du sein; les manches couvraient chastement les bras; mais, ce qu'on voyait de ce corps charmant, — le cou, la naissance des épaules, les mains, — présentait l'image parfaite d'un idéal irréalisable, entrevu seulement par une imagination de poète.

— C'est un chef-d'œuvre! dit enfin Pogoutzine d'une voix altérée par l'émotion. Mais, ne me disiez-vous pas que c'était un portrait? Vous vouliez faire passer pour tel une création qui est admirable, j'en conviens, mais qui n'a rien d'humain. On rêve ces beautés merveilleuses; elles n'existent pas.

Lagardie sourit en secouant la tête.

— Portrait ou non, reprit alors le prince, je couvrirai d'or ce tableau, si vous voulez me le vendre.

— Il n'est pas à vendre, c'est le portrait de ma sœur.

— Fait depuis longtemps?

— Terminé depuis trois jours. C'est une surprise que ma sœur et moi avons ménagée à ma mère.

— Ces dames habitent auprès de vous? demanda Pogoutzine, comme s'il eût cédé non à un sentiment

de curiosité, mais au désir de s'intéresser à la posi-
tion d'un homme de talent.

— Nous vivons ici tous les trois, répondit le peintre.
Mon père était général. Il mourut sur le champ de
bataille, ne nous laissant qu'une modeste fortune et
la pension que sert l'État aux veuves des officiers
supérieurs. C'était un mince revenu pour une famille
accoutumée à vivre dans l'aisance. Heureusement,
ma santé m'ayant interdit l'état militaire, j'avais
appris la peinture. J'ai pu améliorer la situation de
ma mère et de ma sœur. Celle-ci terminait son éducation à Saint-Denis, lorsque mon père nous fut
enlevé. Elle est venue se réunir à nous, et depuis
nous vivons ici, en possession d'un bonheur aussi
entier qu'il peut l'être après une catastrophe irrépa-
rable.

En faisant ce court récit, Lagardie n'avait eu
d'autre but que d'éveiller la sympathie du prince
Pogoutzine. La visite de ce personnage était pour lui
une bonne fortune inespérée. Le prince aimait les arts
et les artistes. Jamais la Russie n'avait envoyé à la
France un grand seigneur plus riche, ni plus prodigue. Lagardie entrevit sur-le-champ les résultats
qu'il pourrait retirer des bonnes grâces du prince et
de sa protection. Une occasion inespérée d'aller
rapidement vers la fortune et la réputation s'offrait
à lui. Il la saisit avidement.

Sa confidence parut faire sur Pogoutzine une vive
impression. Mais si Lagardie avait pu lire dans ce

cœur perverti, il aurait vu que le portrait de sa sœur
était la cause unique de la bienveillance excessive
que le prince, bouleversé par une beauté si parfaite,
manifesta. La pensée qu'il était en ce moment sous
le même toit que la personne dont ses yeux dévo-
raient l'image, qu'elle n'était peut-être séparée de
lui que par une simple cloison, qu'elle pouvait tout
à coup apparaître, cette pensée fit éprouver à cet
homme blasé sur toutes les jouissances une des plus
violentes sensations de sa vie. Lagardie venait, à son
insu, d'allumer une passion dont ce récit fera connaître les progrès et les conséquences.

— Il faut que je vous quitte, dit enfin Pogoutzine.
Mais nous nous reverrons... souvent, si vous le voulez
bien. Pour commencer, venez dîner demain chez moi.

Lagardie prit, en s'inclinant, la carte que le prince
lui tendait. Ce dernier ajouta :

— Je vous présenterai à Mlle Jeanne Aubry. C'est
le nom de la personne dont je désire le portrait.

— Il y a une comédienne de ce nom.

— C'est elle-même. L'autre jour, aux courses,
nous avons fait un pari. L'enjeu était une discrétion.
J'ai perdu. Elle m'a demandé son portrait. Vous
pouvez faire un chef-d'œuvre comme celui que vous
venez de me montrer ; car c'est une bien jolie femme.

— Je l'ai vue quelquefois au théâtre. Elle est plus
que jolie ; et, puisque c'est d'elle qu'il s'agit...

— Vous consentez ! s'écria le prince. Bravo ! Demain, vous conviendrez avec elle des heures et du

lieu où elle posera. Vous fixerez le prix vous-même. Adieu, mon jeune ami, ou plutôt au revoir.

Il tendit la main à Lagardie, qui la serra avec effusion. Puis, ayant jeté un regard sur le portrait de Mlle Lagardie, il regagna sa voiture.

Le peintre l'accompagna jusque-là. Il revint à son atelier, à pas lents, le front courbé, pensif, rêvant de Jeanne Aubry et d'une de ces aventures galantes qui, pour les hommes jeunes, sont, au moins une fois, une chose désirable et ardemment souhaitée.

Mais, tout à coup, il passa la main sur son front, pour chasser les pensées qui l'obsédaient. Il releva la tête et, regardant avec émotion le portrait de sa sœur :

— Je n'ai pas le droit de mettre un amour dans ma vie, murmura-t-il. Je songerai à moi quand je t'aurai mariée, ma Suzanne.

Il poussa un soupir et tira les rideaux destinés à soustraire le portrait aux regards profanes. L'image adorable disparut.

— Il n'y a plus de soleil ici, reprit-il en continuant à se parler à lui-même. Je ne saurais me remettre au travail.

Il quitta alors l'atelier, traversa une serre et entra dans le salon où il comptait trouver sa mère et sa sœur.

Ce salon était meublé avec plus de goût que de luxe. Quelques rares débris d'une ancienne opulence, tels qu'un piano d'Érard, un tapis d'Aubusson, une riche garniture de cheminée, en formaient l'ornement le plus brillant et s'y rencontraient au milieu d'objets moins coûteux. Les rideaux brodés, les sièges en tapisserie étaient l'œuvre de Suzanne ; les peintures du plafond, quelques tableaux attachés aux murs, l'œuvre de son frère.

On sentait qu'ils avaient, l'un et l'autre, mis tous leurs soins à entourer leur mère de choses élégantes, quoique simples, sur lesquelles ses yeux se pussent reposer avec plaisir. Le seul luxe de cette pièce où la mère et la fille se tenaient habituellement consistait en jardinières remplies de fleurs. Il y avait des fleurs partout. Parfois, Lagardie disait en riant à sa sœur que c'était par coquetterie qu'elle s'entourait

ainsi, afin de prouver que l'éclat de son visage pouvait rivaliser avec celui des camellias et des roses.

Au moment où il entra, Mme Lagardie occupait sa
place accoutumée, un fauteuil dans l'embrasure de
la croisée s'ouvrant sur le jardin. C'était une petite
femme, encore jeune, un peu chétive comme son
fils, qui lui ressemblait autant que Suzanne ressemblait à son père, d'une physionomie douce, au regard empreint de candeur. Elle était simplement
vêtue, mais non sans une certaine recherche, d'ailleurs appropriée à son âge.

En raison d'une ancienne habitude, elle occupait
ses doigts à un ouvrage de broderie. Mais son esprit devait être à d'autres pensées, car, à chaque
instant, elle relevait les yeux pour les porter avec
complaisance sur sa fille.

Celle-ci venait de s'asseoir devant son piano. Elle
laissait errer au hasard ses mains sur le clavier.
Elle était habillée d'une robe sans taille, en satin
bleu, ornée de nœuds en rubans roses. Ses beaux
cheveux, relevés sans apprêt sur son front, étaient
réunis derrière la tête en un énorme chignon, placé
très haut, qui laissait à nu son cou blanc et plein,
quoique allongé.   •

Un col et des manchettes en point de Venise, des
boucles d'oreilles en sequins, — deux merveilles
de l'industrie italienne au temps de la Renaissance,
que son frère avait découvertes chez un marchand
de curiosités, — complétaient sa toilette, — toilette

excessive pour une jeune fille honnête, on en conviendra, et qui révélait une éducation déplorable ou les instincts les plus capricieux et les plus dangereux.

Au surplus, si cette parure n'ajoutait rien à une beauté aussi puissante, elle ne lui enlevait rien. C'était bien là celle dont Pogoutzine avait admiré le portrait. En fixant sur la toile les traits de sa sœur, Lagardie n'avait ni exagéré, ni flatté, ni même complètement rendu cette physionomie charmeresse, puisqu'il n'était pas en son pouvoir de lui donner la vie.

La première impression que devait exercer Suzanne sur ceux qui l'approchaient était celle d'une femme créée pour une destinée exceptionnelle, qui ne pouvait être que courtisane ou princesse. Ses mains elles-mêmes étaient éloquentes, avec leur élégance délicate, la fière cambrure des doigts, et la couleur rosée des ongles bombés. De telles mains étaient faites pour le sceptre ou pour le plaisir. C'était à la fois épouvantable et éblouissant. Arrivée à certains degrés, la beauté terrasse; on n'en peut supporter l'éclat; le sentiment qu'elle inspire est voisin de la terreur.

Cependant, il faut le dire avant d'aller plus loin, en dépit de tant de charmes, Suzanne était chaste. Elle pouvait rêver un sort brillant; mais elle était incapable d'acheter, au prix d'une faute, la réalisation de ses rêves, qui d'ailleurs, ainsi que nous l'expliquerons plus loin, avaient eu pour principal inspirateur un amour maternel imprudent.

Au bruit que fit le peintre, qui pénétra dans le salon, en chantant un refrain d'atelier, les deux femmes relevèrent la tête.

— Pourquoi cette entrée bruyante, Robert ? demanda Mme Lagardie.

— Parce que la fortune a visité notre maison, chère mère, répondit-il.

A ces mots, Suzanne quitta son piano ; s'avançant vers son frère qu'elle embrassa, elle dit :

— Est-ce la fortune qui vient de partir dans ce brillant équipage ?

— Elle-même, mademoiselle. Mais elle reviendra. Demain, je dîne chez elle. — Et, se tournant vers sa mère, il ajouta : C'est un prince.

— Un prince !

— Russe, reprit-il.

— Est-ce un vrai prince ? demanda Suzanne d'un air de doute.

Pour toute réponse, Lagardie lui tendit la carte de Pogoutzine. Elle y jeta les yeux.

— J'ai déjà vu ce nom quelque part, fit-elle. — Puis, ayant cherché dans sa mémoire : Je me souviens maintenant. On parlait dans un journal de la prodigalité de ton Russe. Est-il jeune au moins ?

— Assez jeune pour m'acheter encore beaucoup de tableaux. Il a même trouvé ton portrait très beau.

— Quel portrait ? demanda Mme Lagardie, en re-

2

gardant ses deux enfants que cette question embar-
rassa.

— Robert a parlé trop-tôt, dit Suzanne d'un ton
de reproche.

— Le secret m'a échappé, répondit Lagardie. —
Et s'agenouillant devant sa mère, il reprit : Dans
trois jours ce sera ta fête. Je voulais t'offrir le portrait de Suzanne — un chef-d'œuvre s'il faut en croire
le prince Pogoutzine. — Je te l'offrirai aujourd'hui,
voilà tout.

Mme Lagardie prit à deux mains la tête de son fils
et l'embrassa au front. Puis se levant et le relevant
avec elle :

— Allons voir le chef-d'œuvre ! dit-elle en se diri-
geant vers l'atelier.

Pour la seconde fois de la journée, le portrait de
Suzanne fut mis au jour. L'émotion de Mme Lagardie,
tirée de l'admiration et du bonheur qu'elle éprouvait,
lui enleva d'abord la parole. C'était bien là sa fille,
poétiquement belle et non flattée, cependant. Elle
regarda longtemps, tandis que ses enfants, debout
devant elle, jouissaient de sa surprise. Puis, elle les
attira dans ses bras, et les yeux mouillés de larmes,
elle dit :

— Mon Robert, tu es un grand peintre. Et toi, ma
Suzanne, tu serais digne d'être princesse.

Suzanne eut un adorable sourire et, se dégageant
de l'étreinte maternelle, elle s'écria :

— Robert, fais-moi épouser ton Russe. On m'appellerait : princesse Pogoutzine, ajouta-t-elle, en faisant à sa mère une gracieuse révérence.

— Petite folle, reprit Lagardie, qui te dit qu'il n'est pas marié ?

— Mais s'il n'est pas marié, je pourrais.....

— Pourquoi pas ? murmura Mme Lagardie.

III

Lorsque le général Lagardie, un des plus brillants officiers de l'armée française, mourut à la suite d'une blessure reçue pendant la glorieuse journée de Magenta, sa femme entrait dans sa quarante-cinquième année. Elle n'avait jamais possédé une beauté égale à celle de sa fille, mais elle avait eu et conserva toujours la grâce et l'esprit. Elle chérissait son mari, et ses enfants peut-être plus que son mari. Dans le malheur qui la frappait, elle ne vit pas seulement la perte d'un époux adoré, mais encore la perspective d'une vie médiocre pour sa fille, à propos de laquelle elle s'était plu à caresser des illusions dorées. Elle perdit toute son énergie. Pendant six semaines, elle ne sut rien faire que pleurer.

Heureusement son fils avait vingt-cinq ans. Il portait dans un corps frêle une volonté virile. Il comprit qu'il devenait le véritable chef de la famille. Il aban-

donna sa mère à sa douleur, et s'occupa de régler
l'avenir. Un jour, il l'obligea à sortir ; il la conduisit
dans la petite maison de la rue Notre-Dame-des-
Champs et lui dit :

— Ma chère mère, désormais nous habiterons ici.
J'ai loué cette maison pour longtemps. Vos biens,
ceux de mon père, la pension que nous valent son
grade et son nom, donneront un revenu qui n'est pas
l'opulence, mais du moins l'aisance et le repos. Si ce
revenu ne suffit pas, j'y pourvoirai. Suzanne est encore à Saint-Denis pour un an. Elle viendra alors
auprès de nous jusqu'au jour où nous la marierons.
Dès à présent, je vais m'occuper de sa dot. On dit
que j'ai du talent. Je ferai fortune pour elle, et nous
tâcherons de vous rendre une partie, sinon la totalité
du bonheur passé.

Mme Lagardie sourit au milieu de ses larmes et
embrassa son fils.

Ils vécurent ainsi pendant une année. Robert se
mit au travail avec courage. Le souvenir de son père,
des protections, son talent, lui firent obtenir des
commandes officielles. Les publications illustrées
étaient à la mode. Il fit des dessins pour les grandes
maisons de librairie. En même temps, il envoya au
salon de 1865 deux toiles qui obtinrent un succès très
franc. Bientôt, il put travailler à ses heures, selon
ses goûts, entreprendre des excursions.

C'était comme paysagiste qu'il s'était fait connaître. Très jeune, il avait étudié son art avec pas-

sion, interrogé la nature qui est la science maîtresse.
Ses études précoces servirent ses facultés prodi-
gieuses. Il fut en peu de temps un des artistes les
plus aimés du public. Au moment où sa réputation
naissante attira chez lui le prince Pogoutzine, tout
lui souriait. Sa santé seule lui donnait quelques in-
quiétudes. Il était né débile, souffreteux. Cependant,
il n'avait jamais été malade, n'ayant jamais commis
d'excès d'aucune sorte. Mais il redoutait de mourir
jeune. Cette crainte, qu'il cachait à sa mère, l'obsédait fréquemment. Elle lui inspirait une ambition
plus grande, non pour lui, mais pour Suzanne dont
l'établissement faisait partie de la tâche qu'il s'était
imposée.

Sur ces entrefaites, Suzanne quitta l'établissement
de Saint-Denis où elle avait été élevée. Elle venait de
dépasser sa seizième année. C'était déjà une charmante personne. Mais rien, jusque-là, ne faisait deviner le charme souverain qu'elle devait acquérir,
charme qui se développa surtout pendant les deux
années suivantes.

Cependant, lorsque, pour la première fois, elle
apparut devant son frère, après avoir quitté l'affreux
uniforme auquel sont condamnées les élèves de Saint-
Denis, celui-ci pressentit cette beauté. Il en éprouva
moins de satisfaction que de peine, comprenant
combien il serait difficile de marier sa sœur.

Dans la société telle que les événements et les circonstances l'ont faite, une fille trop belle est d'un

placement plus difficile qu'une fille de visage insigni-
fiant ou même laid. Elle effraye les prétendants. Elle
ne trouve à se marier qu'autant qu'elle apporte une
dot opulente à l'homme qui désire se charger d'elle,
à moins que celui-ci ne soit riche lui-même. C'est en
ce sens qu'étant données certaines situations, on
peut dire d'une beauté éclatante qu'elle est un don
fatal pour celle à qui elle a été départie.

Toutefois, les appréhensions de Lagardie se dissi-
pèrent bientôt. Sa sœur était simple de goûts, hon
nête, aimante, docile aux bons conseils. D'autre
part, il pouvait, dès ce moment, caresser le légitime
espoir de lui créer une dot honorable. Elle était encore jeune ; elle pouvait attendre et le temps est
fécond en hasards heureux.

Une vie tranquille commença donc, dès ce moment, pour ces trois êtres qui se chérissaient. L'aisance régnait dans la maison. Suzanne y apportait
la gaieté de son âge, illuminait tout, autour d'elle,
des rayons de sa jeunesse et de sa grâce. Entre sa
mère et sa sœur, Robert jouissait de sa réputation,
enivrante comme toutes les réputations à leurs dé-
buts. Enfin, Mme Lagardie paraissait goûter une joie
sans mélange.

Malheureusement, lorsque sa fille eut atteint l'âge
de dix-sept ans, lorsque dans cette nature vivace
l'épanouissement commença, lorsqu'enfin la femme
se révéla, Mme Lagardie sentit se déchaîner avec force
dans son cœur maternel des espérances folles, étouf-

fées jusqu'à ce jour sous les impressions suaves de
son bonheur quotidien. Préoccupée tout à coup de
l'établissement de sa fille, elle rêva des aventures
innocentes et merveilleuses où, comme dans les
contes de fées, devait surgir un amoureux riche et
sensible, quelque prince Charmant déguisé, qui tomberait un jour aux pieds de la belle, tenant dans une
main un illustre blason, dans l'autre des écrins ma-
gnifiques d'où les joyaux déborderaient. Suzanne qui
eût épousé, si son père eût vécu, quelque brave officier, devint, dans la pensée de sa mère, une héroïne
de roman, une Rosine sans Bartholo, attendant Lin-
dor.

De ces pensées longtemps caressées dans un cœur
aussi tendre qu'imprudent, à la résolution de présenter Suzanne dans le monde, il n'y avait qu'un pas.
Ce pas se fit naturellement, lorsque Mme Lagardie
eut quitté son deuil de veuve. Elle revit ses amis,
ceux de son mari. Un soir, elle accompagna sa fille
et son fils dans un bal, au ministère de la guerre.
D'autres soirées suivirent celle-là.

Les premiers succès de Suzanne furent étourdis-
sants. Elle s'y abandonna avec la fougue de son âge.
Mme Lagardie les goûta avec une faiblesse et un enthousiasme excusables chez une mère. Mais, ce qui
fut plus grave, c'est que Lagardie perdit au sein de
ces illusions déplorables jusqu'à la faculté de faire
entendre la voix de la raison. Il ouvrit une oreille
complaisante aux projets de sa mère. Il devint son

complice. Pour lui, comme pour elle, Suzanne se transforma en souveraine. Il adorait sa sœur. Il avait sa part dans les triomphes qu'elle obtenait. Il se laissa enivrer aussi.

Dès ce moment, toute idée d'avenir modeste fut abandonnée par Suzanne. Elle ne dut plus avoir qu'un souci : celui d'être et de rester belle. Sa mère et son frère lui répétèrent que sa beauté était sans rivale. Elle fut accablée de cadeaux, parée comme une opulente héritière. Ses caprices devinrent des ordres. Aucun d'eux ne fut trouvé excessif. Robert travailla davantage.

L'hiver s'écoula. Aucun prince, ni même un simple mortel, ne demandèrent la main de Suzanne. Mme Lagardie s'en étonna.

— Ce sera pour l'hiver prochain, répondit son fils.

La vérité, c'est que Mlle Lagardie était trouvée trop belle et trop pauvre à la fois. Elle avait eu cent amoureux, pas un seul prétendant.

— Une jeune fille semblable, sœur d'un peintre, disait-on, ne peut être épousée que par un homme qui lui apportera ce qui deviendra indispensable dans la maison où elle sera maîtresse : cent mille francs de rente.

L'été fut triste. On alla passer un mois dans une petite propriété que Mme Lagardie possédait aux environs d'Avignon. Les années précédentes, Robert et Suzanne avaient fait là des parties folles ; mais maintenant la gaieté s'était envolée, remplacée par l'ambition.

Cependant, après quelques jours de repos, le peintre se remit au travail. Il recommença ses excursions. Il entrait en campagne dès le matin, cherchait un site favorable, peignait tout le jour et rentrait le soir, harassé mais satisfait. Mme Lagardie de son côté ne s'occupait que de nourrir de plus belle ses illusions et celles de ses enfants.

Quant à Suzanne, elle souffrait beaucoup. Pour la rendre heureuse, on lui avait fait un grand mal. Six mois dans le monde avaient complété son éducation et suffi, en lui révélant le prestige de sa beauté, aussi bien que la fausseté de sa situation, pour lui prouver qu'elle n'arriverait à se marier qu'en faisant des avances dont sa dignité pourrait être blessée. Elle se sentait en ce moment incapable de prendre une décision ; mais, dans son imagination malade, s'opérait un travail d'où rien de bon ne pouvait sortir.

On revint à Paris. L'hiver suivant passa sans amener rien de plus que l'hiver précédent. Mme Lagardie continua à prodiguer à sa fille les louanges les plus imprudentes, Robert à travailler et Suzanne à vivre dans l'oisiveté, sans que sa vie eût un but, en proie à une mélancolie profonde, qu'elle s'efforçait de cacher sous une gaieté feinte, ayant compris qu'elle devait à son frère de ne pas le décourager, en lui laissant lire dans son cœur.

Tel était l'intérieur dans lequel le prince Pogoutzine venait d'apporter par sa présence un élément nouveau de trouble, et plus qu'un élément de trouble, le malheur.

IV

Depuis dix ans, Paris a été brusquement envahi par des gens venus de toutes les parties du monde. Le développement de la presse périodique, l'accroissement des chemins de fer, l'établissement des lignes télégraphiques internationales, ont eu pour résultat de répandre jusqu'aux extrémités les plus reculées de la terre, que la capitale de la France était le séjour le plus délicieux qui existât sous le ciel, le centre des plaisirs et des arts, le théâtre le plus propice aux ambitieux et aux aventurières.

Sur la foi de ces rumeurs, Paris a été pris d'assaut. Après les invasions belliqueuses qui furent un désastre, est venue l'invasion pacifique qui est une revanche, selon les uns, un nouveau désastre, selon d'autres. Les Américains enrichis, désireux de dépenser leur richesse ; les Russes, ayant soif des jouis-

sances d'une civilisation raffinée ; les Allemandes
sentimentales, fatiguées par une longue pratique des
amours éthérées ; les Anglaises évaporées, à qui les
brouillards de la Tamise sont pesants ; les Turcs, à
qui les délices des harems semblent fades, sont venus
chercher le plaisir à Paris, s'enquérir du plus ou
moins de vérité des bruits qui étaient parvenus jusqu'à eux. Nous avons eu des Valaques, des Chinois,
des Japonais et même des Siamois. C'est ce que nous
appelons la société parisienne, oubliant, qu'autrefois,
elle se composait d'hommes distingués par leurs ta-
lents, leur nom, leur élégance, l'éclat de leurs services ; de femmes honnêtes, spirituelles, connues
autrement que par l'excentricité de leur vie ; faibles
quelquefois, mais sans scandale, grandes jusque dans
leurs chutes ; les uns et les autres appartenant à la
famille française dont ils étaient la gloire et l'honneur ! Aujourd'hui ! toutes sortes de gens, excepté
des Parisiens.

— C'est un bonheur pour la civilisation ! s'écrient
les économistes.

Est-ce un bonheur, alors que jouir est le but suprême de ces envahisseurs qui ont choisi Paris pour
s'y livrer à toutes les orgies, à tous les scandales, à
tous les débordements ? Qui a donné le ton à ces
modes extravagantes, ruineuses, contre lesquelles les
maris luttent vainement pour leur interdire l'entrée
du foyer domestique ? Qui a inauguré ces mœurs
nouvelles, ennemies du repos des pères et de la

dignité des mères, où le suprême mérite consiste, dût-on se montrer nue à la foule ou traîner au cabaret un nom illustre, à rivaliser de luxe, d'excentricité, d'impudeur avec des filles payées et connues pour le métier qu'elles font ? Des femmes étrangères venues d'Allemagne, de Russie, des États-Unis.

Reste-t-il un salon à Paris ? Il n'y a plus que des caravansérails, de vastes auberges où on passe, où on joue, où on mange, où on danse, où on boit, où on se ruine, en compagnie de gens qui, dans leur pays, ont ramé sur les galères ; mais qu'en leur qualité d'étrangers, on excuse, on accueille et au salut desquels les plus purs d'entre nous se feraient un scrupule de ne pas répondre.

Les joueurs les plus effrénés de ce temps, les vicieux les plus affichés sont des Turcs et des Russes. La banque et la spéculation sont presque entièrement aux mains des Allemands. La courtisane la plus opulente de Paris est une Américaine dont un or étranger défraye le luxe ; les plus célèbres après elle, une Anglaise et une Italienne.

Les étrangers sont maîtres de Paris. Nous sommes à eux pieds et poings liés. Nous leur offrons, tous les matins, les clefs de Paris, sur un plateau d'argent ! Ils sont généreux ! On les traite en rois ! Allez, messieurs, buvez nos vins, mangez notre pain, pervertissez nos fils, déshonorez nos filles, prenez nos femmes ! Tout est à vous, puisque vous le payez !

Et les Parisiens ! dira-t-on.

Les Parisiens, ils regardent, imitent quelquefois, encaissent le plus qu'ils peuvent. Ils se sont faits les esclaves très humbles de ceux qui les enrichissaient, sans même leur demander d'où ils viennent, où ils vont, ce qu'ils sont.

C'est pour les étrangers qu'ils ont construit une ville de marbre et d'or ; pour les étrangers que l'art enfante des chefs-d'œuvre, que l'industrie crée des merveilles ; pour les étrangers que le vice a doublé et triplé ses recrues.

Le prince Pogoutzine était un des personnages les plus originaux de cette société cosmopolite qu'on est convenu d'appeler la société parisienne. Son hôtel était situé avenue Montaigne. Une haute grille en fer forgé, aux barreaux de laquelle grimpait un lierre épais, en masquait la façade aux passants. A chacune des extrémités de cette grille, il y avait une porte donnant accès dans une vaste cour bitumée. A droite dans cette cour, on trouvait la loge du suisse ; à gauche les écuries ; au fond, l'hôtel, véritable palais de deux étages, formant un carré long et couronné par les balustres d'une terrasse, à la mode italienne. Douze orangers dans de grands vases sculptés, aux formes élégantes, ornaient le perron entièrement couvert par une marquise vitrée, qui s'étendait sur toute la longueur de l'hôtel.

On pénétrait, dans cette demeure princière, par une porte, formée de deux glaces sans tain. Une immense salle, pavée de larges dalles noires et

blanches, conduisait à un escalier en pierre dure,
monumental comme ceux des Tuileries et de Versailles, qui se divisait en deux, au premier étage,
pour se réunir au second. Du haut en bas de cet
escalier, on marchait sur un tapis et entre des fleurs
exotiques, chaque jour renouvelées. Enfin, sur la
balustrade, figuraient cinq statues, représentant les
plus voluptueuses héroïnes du monde ancien : Ève,
écoutant le langage du serpent ; Vénus, recevant la
pomme des mains de Pâris ; Léda, pâmée sous les
baisers du cygne olympien ; Hélène, fuyant la couche
de Ménélas ; Cléopâtre, aiguisant ses charmes pour
séduire Antoine.

Au premier étage, se succédaient plusieurs salons,
encombrés de merveilles artistiques, chefs-d'œuvre
du présent et du passé. Par ces salons, on entrait
dans une galerie qui recevait son jour du plafond ;
véritable balcon couvert, suspendu à la façade posté-
rieure de l'hôtel, où étaient exposés deux cents tableaux, signés des plus grands noms de toutes les
écoles. A l'extrémité de cette galerie, on trouvait
l'appartement particulier du prince Pogoutzine, des-
servi par un escalier dérobé, et meublé avec le même
luxe que le reste de l'hôtel.

C'était là que le prince Pogoutzine habitait depuis
qu'il avait quitté la Russie, pour venir se fixer à Paris.
On connaîtra, plus tard, les circonstances qui avaient
déterminé ce déplacement. Dès à présent, il suffit de
dire que, s'il vivait seul au milieu de ces splendeurs

effrénées, ayant à son service vingt domestiques de
toutes sortes, dix chevaux dans ses écuries, autant
de voitures sous ses remises, du moins, il s'efforçait de suppléer à son isolement, en s'abandon-
nant à tous les entraînements d'une existence opulente.

Il donnait des fêtes somptueuses. Il était de toutes
celles qui avaient lieu hors de chez lui. On le rencontrait dans les salons officiels, aussi bien que dans
les boudoirs des filles à la mode. Il appartenait à un
grand cercle. Il y jouait chaque jour, tenant tous les
enjeux, gagnant, perdant tour à tour, avec un imperturbable sang-froid. Il n'avait pas de maîtresse,
parce qu'il pouvait en avoir cent parmi les femmes
qui se vendent par métier, aussi bien que parmi
celles qui se donnent par faiblesse, étant assez riche
pour acheter les faveurs les plus exigeantes, assez
beau pour séduire les plus belles. Il n'avait guère
rencontré de cruelles, ni dans le monde, ni dans le
demi-monde. Toute créature facile, qu'elle fût grande
dame ou courtisane, trouvait plaisir à se montrer
complaisante envers lui. Avoir passé par ses bras,
était un titre qui triplait la valeur des plus vénales,
l'attrait des plus perverties.

Au milieu d'innombrables aventures galantes,
Pogoutzine n'avait jamais rien laissé de son cœur,
parce que son cœur, — à supposer qu'il en eût un,
— n'y avait jamais eu aucune part. Type étrange,
ressemblant plus à Casanova qu'à Don Juan ; Fau-

blas de quarante ans, sous lequel on retrouvait le
Cosaque, il ne voyait dans la femme que la somme
d'émotion passagère et de félicité sensuelle qu'elle
pouvait lui donner. Non seulement il n'avait jamais
aimé, mais encore il avait subi ce singulier malheur,
— est-ce un malheur, ou un privilège ? — de ne
pouvoir jamais désirer une de celles qui résistent,
soit par calcul, soit par vertu. Sa destinée le condamnait à ne mettre la main que sur des fruits tarés
ou prêts à tomber de l'arbre.

Au surplus, ce qui eût été un supplice pour d'autres
le laissait insensible. Il prenait la vie telle qu'elle
vient, ne lui demandant rien qu'elle ne pût lui
donner ; méprisant les hommes ; comptant pour peu
la vertu ; ne tenant à ce que le monde appelle l'honneur que comme on tient, en voyageant en pays
étranger, à son passeport ; cédant à tous ses instincts ;
esclave de ses vices ; faisant le bien, non par bonté,
mais par caprice, avec autant de facilité que le mal ;
rendant service un jour, refusant le lendemain ; poli
avec ses gens, glacial avec ses égaux ; n'ayant pas
un ami, mais beaucoup d'amis ; aimant à s'entourer
de choses belles et d'hommes intelligents, mais
n'éprouvant ni respect pour les uns, ni estime pour
les autres ; indifférent lui-même à l'estime et au respect d'autrui ; incapable de s'émouvoir ; libertin à
froid ; doué d'une puissance de volonté peu com-
mune ; et, enfin, n'ayant aucune croyance et n'en
souffrant pas. Tel était, au moral, le prince Pogout-

zine. Nous l'avons déjà décrit au physique, et, sauf certains détails, qui trouveront leur place dans la suite de ce récit, le lecteur le connaît maintenant aussi bien que nous.

V

Le lendemain du jour où il avait reçu la visite de Pogoützine, Lagardie arrivait, à sept heures, à l'hôtel de l'avenue Montaigne. Il trouva le prince encore seul, fumant des cigarettes, en attendant ses convives.

— Votre tableau est à moi, s'écria celui-ci, en le voyant. Chambert me l'a cédé aussitôt que je lui en ai eu manifesté le désir. Je veux vous montrer la place que je lui réserve.

Et, prenant familièrement le peintre sous le bras, il le conduisit dans sa galerie, splendidement éclairée. Là, lui désignant un panneau vide, il ajouta :

— Vous serez ici, et vous n'y serez pas en trop mauvaise compagnie.

— Je crains bien que le voisinage de tant de belles toiles n'écrase la mienne, objecta Lagardie.

— Détrompez-vous. Votre vue des étangs de Ville-d'Avray possède assez de qualités pour figurer, sans danger, parmi les œuvres de vos aînés.

Au même moment, on annonça plusieurs invités. Laissant Lagardie, en contemplation devant un paysage de Rousseau, le prince alla les recevoir. Il revint bientôt, accompagnant trois personnages, auxquels il présenta le peintre, dans des termes flatteurs pour lui. Celui-ci se vit aussitôt entouré, choyé avec un empressement qui lui prouva les bons effets de la protection du prince.

Le premier des invités était un vieux général otto-man, aux cheveux blancs, longs et bouclés; au visage rubicond, ayant une certaine distinction, qu'il gâtait par des manières prétentieuses. Hermann-Pacha visait à la beauté plastique. Il portait un corset, se serrait la taille, et parlait en mettant la main droite sur la hanche, tandis qu'il gesticulait de la gauche. Il était d'origine allemande. Livré, jeune encore, à une vie d'aventures, il avait pris du service en Orient, et était arrivé rapidement aux honneurs. Il devait son grade, non à son courage, — il n'avait jamais fait la guerre, — mais à l'habileté déployée par lui dans l'administration de l'armée turque. Il n'en évo-quait pas moins le souvenir de ses campagnes : il n'en racontait pas moins, avec emphase, les grandes batailles de Crimée, comme s'il y eût assisté. Il était en France, depuis un an, pour y étudier les équipe-ments militaires, disait-il, mais, en réalité, pour laisser à certaines rumeurs, qui avaient couru à

Constantinople contre sa probité, le temps de
s'éteindre. Gourmand à l'excès, il était devenu l'un
des parasites du prince, auquel il faisait supporter sa
présence, en tâchant de se rendre utile. A table, il
savait ranimer, par un bon mot, la conversation
languissante. Il mettait habilement en lumière le
luxe du service, la saveur du repas. Au salon, il versait volontiers le café. Il possédait l'art d'écouter, de
rire à propos. Habitué de la maison, il y vivait sur
un pied de complaisance et de servilité, que révélaient l'approbation qu'il donnait à toutes les paroles
de Pogoutzine et le sans-façon presque brutal avec
lequel celui-ci lui parlait. Il déplut d'abord à Lagardie, par le ton tour à tour humble et déclamatoire
de ses discours. Mais, lorsque, tout à coup, il lui
déclara qu'il avait beaucoup connu le général Lagardie, lorsqu'il en eût parlé avec enthousiasme, le
peintre se sentit disposé à l'indulgence.

Le second invité était un diplomate étranger, petit
et gras, âgé d'environ cinquante ans, mêlé, depuis
un quart de siècle, aux intrigues de la politique euro-
péenne. Il se nommait lord Podwer. Il passait pour
avoir beaucoup d'esprit, bien que, dans le monde, il
n'en apportât aucune preuve. Il y gardait volontiers
le silence. Ses partisans prétendaient qu'il réservait
ses brillantes qualités intellectuelles pour en faire
usage dans l'exercice de ses fonctions, et qu'on en
trouvait les traces dans les documents diplomatiques
émanés de sa plume. C'est ici le lieu de faire remar-

quer que ce que les diplomates appellent de l'esprit
n'a rien de commun avec ce que Voltaire et Diderot
entendaient par là. A tout prendre, c'était un homme
bienveillant, qui ne combattait jamais les opinions
exprimées devant lui. Il venait, ce jour-là, pour la
première fois chez le prince Pogoutzine, et devait
son invitation à la dimension microscopique de son
pied. Le prince lui avait dit, en le priant à dîner :

— Je veux vous faire connaître une femme qui a
des mains dignes de vos pieds.

Enfin le troisième convive, M. Guyot-Bussy, était
un jeune homme de trente ans, d'une physionomie
insignifiante, long comme un tambour-major, paré
comme un mannequin de modes, n'ayant d'autre
privilège que la fortune de vingt millionnaires asso-
ciés, et d'autre gloire que celle d'être un des plus
intrépides joueurs du cercle de la Paix. Il avait été
maintes fois l'adversaire heureux de Pogoutzine.
C'est à ce titre qu'il était reçu par lui.

Lorsque ces trois personnages furent en présence
de Lagardie, il y eut un moment de contrainte, ainsi
que cela arrive toujours entre gens qui se voient pour
la première fois. Mais cette contrainte ne dura pas.
Plus aimable chez lui que hors de chez lui, le prince
Pogoutzine possédait l'art, très rare, de savoir rap-
procher les éléments les plus dissemblables. A Lagardie, il parla peinture ; à Hermann-Pacha, uniforme et équipement ; à lord Podwer, diplomatie ; à
M. Guyot-Bussy, whist et piquet. La conversation,

grâce à son entrain, devint bientôt générale. Lagardie était trop bien élevé, il possédait trop l'usage
du monde, pour se trouver embarrassé dans ce milieu nouveau pour lui. Il prit part à l'entretien, et le
fit comme un homme modeste, qui aspire plus à
écouter et à apprendre qu'à pérorer et à professer.

A sept heures et demie, le prince Pogoutzine commençait à s'impatienter. Il attendait encore deux
personnes qui n'arrivaient pas. Hermann-Pacha dirigeait du côté de la salle à manger des regards
attendris et déjà inquiets. A ce moment, Lagardie
entendit annoncer la comtesse Touazig et Mlle Jeanne
Aubry. Ces dames entrèrent en même temps. Le
prince fit quelques pas au-devant d'elles, leur baisa
la main, tandis que les autres invités s'inclinaient
respectueusement.

— Comtesse, dit-il à la première, venez par ici ; je
vous présenterai un homme digne d'être distingué
de vous.

Et, lui offrant le bras, il la conduisit vers lord
Podwer.

— Milord, avancez le pied, je vous prie. Comtesse,
la main !

Quittant le bras de celle-ci, il s'éloigna, en ajou-
tant :

— J'aurai eu la gloire de mettre en présence le plus
joli pied et la plus jolie main de toute l'Europe.

La comtesse Touazig resta immobile devant lord
Podwer. C'était une petite femme d'aspect un peu

frêle. Son corps semblait perdu dans les amples plis d'une robe grise, d'étoffe soyeuse et légère. Les manches courtes de cette robe, son corsage échancré, laissaient voir des épaules et des bras mignons, minces, mais d'une forme parfaite, voilés sous un fichu à mailles, qui en faisait ressortir la couleur ambrée. Son visage olivâtre, aux traits mobiles et jeunes, était éclairé par des yeux dont les prunelles semblaient noyées dans la flamme des désirs les plus ardents; yeux étranges, éloquents et perfides comme ceux d'une vierge débauchée. Ses cheveux noirs, courts, bouclés autour de sa tête, donnaient à sa physionomie un caractère d'impertinence et d'audace qui ajoutait encore à l'originalité de sa petite personne.

A la façon dont elle se tenait debout devant lord Podwer, tendant vers lui sa main fine aux doigts allongés, qu'elle avait dégantée, il était facile de deviner qu'elle n'avait de frêle que l'apparence, et que dans ses membres nerveux, délicats comme ceux d'une statuette fragile, résidait une force égale à celle de l'acier fondu.

Tandis qu'elle-même contemplait, avec un imperturbable sang-froid, le pied élégamment chaussé du noble lord, celui-ci regardait avec une égale attention la main qu'on lui présentait. Il en comptait les veines, en admirait la forme, la couleur mate. Enfin il se pencha et y posa ses lèvres.

La comtesse releva la tête.

— Nous sommes-nous assez contemplés, milord ?
demanda-t-elle... Oui, n'est-ce pas ? Si j'étais homme
et si vous étiez femme, j'embrasserais votre pied. Il
vaut ma main.

Et son rire malicieux éclata soudainement, en
notes perlées et sonores, tandis que le prince, qui
s'était rapproché d'elle, lui offrait de nouveau le
bras pour passer à table.

Sur un signe de lui, Lagardie avait offert le sien à
Mlle Jeanne Aubry, un peu gauchement, en homme
ému par le spectacle d'une beauté lumineuse et
sereine.

Figurez-vous une femme de vingt-huit ans, grande
et blonde, à la peau blanche et satinée ; aux traits
d'une régularité désespérante, parfaits dans leurs
détails comme dans leur ensemble ; avec des yeux
bleus, si clairs, qu'ils semblaient verts, mais sans
vie, mystérieux dans leur froideur, comme une mer
immobile. Figurez-vous une taille ronde et souple ;
des épaules pleines, tombantes ; des bras faits pour
être moulés, sous la peau desquels on voyait circuler
le sang. Sur ce corps de statue, jetez, semblable à
une chlamyde, une robe blanche, à la jupe traînante,
chargée de dentelles, d'où le buste semblait vouloir
sortir tout entier, tant elle le laissait à découvert.
De cette chevelure blonde, qui encadrait de deux
bandeaux plats un front candide, dénouez les longues
tresses, en y mêlant deux grappes de lilas blanc ;
faites-les descendre en cascades sur le dos nu, et

vous aurez l'image vaporeuse de Mlle Aubry, telle
qu'elle apparut à Lagardie.

Il en fut d'abord complètement ébloui. Il y a, dans
la femme qu'on sait facile, un attrait irritant pour
les natures chastes. Cet attrait, Lagardie le subissait,
en se trouvant, pour la première fois, sur ce terrain
fleuri, mobile et glissant, où le vice s'étalait en pleine
liberté, avec sa puissante provocation.

VI

Jeanne Aubry était une de ces femmes dont les
faveurs sont au plus offrant. A treize ans, sa mère
l'avait vendue à un vieillard. Celui-ci l'aima, voulut
assurer son avenir, la fit instruire assez pour déve-
lopper son intelligence, et lui ouvrit le théâtre.
Jeanne aurait pu y vivre de son talent et de son travail, dans une honnêteté relative. Mais du marché,
dont encore enfant elle avait été l'objet, elle garda
l'habitude de se vendre. La cupidité étouffa son
cœur. La jeunesse, l'esprit, la tendresse, les purs
sentiments qui peuvent fleurir dans les âmes les plus
viriles, n'étaient rien pour elle ; elle ne les demandait pas à l'homme qui tombait à ses pieds ; elle
n'avait qu'un amant, le métal. Qu'il s'appelât or,
argent ou diamant, c'en était assez pour la séduire.
L'histoire de Danaé est éternelle. Elle n'avait jamais
rien aimé ; elle n'aimait rien, pas même sa beauté.

— Elle la considérait comme l'instrument de sa fortune, — un instrument qui devait être ménagé, — comme un associé exigeant et importun, qu'elle subissait, comme un compagnon de chaîne qu'il ne fallait pas irriter. — Elle n'exigeait même pas qu'on lui restât fidèle. Que l'amant s'arrêtât, ou qu'il ne fît que passer, qu'importe, s'il payait ! Telle était cette étrange créature, sortie de l'un des faubourgs de Paris, et qui avait troqué son nom plébéien contre le nom plus romanesque de Jeanne Aubry.

Mais, à côté des femmes qui se vendent, il en est de plus dangereuses ; ce sont celles qui se livrent froidement et facilement à celui qui leur plaît, sans exigences cupides, mais aussi sans effusion, sans amour, poussées uniquement par des désirs condamnés à n'être jamais assouvis, par le besoin de mal faire, par des instincts plus redoutables que ceux des fauves. Des curiosités malsaines, des appétits dévorants, voilà ce qui les rend avides de plaisir. Malheur à qui tombe dans leurs mains ! Elles savent comment on corrompt les plus innocents. Elles piétinent sur un homme, broient son intelligence, son cœur ; et, vampires voluptueux, ne l'abandonnent que lorsque de l'être vivant elles ont fait un cadavre !

Ce ne sont pas toujours les plus belles, parmi celles que nous rencontrons, qui sont ainsi ; elles n'ont pas besoin de la beauté sereine, éclatante, pour allumer des désirs mortels. C'est avec le regard qu'elles subjuguent l'homme et le retiennent. Que leur corps ait

plus ou moins de charmes ; que la fleur de leur jeunesse soit plus ou moins épanouie, cela importe peu,
si le vice entretient dans leurs yeux la flamme dévorante dont le serpent révéla le secret à Ève, et aux
rayons de laquelle le premier homme se brûla.

La comtesse Touazig était de ces femmes. Son histoire, qui peut se dire en quelques mots, le prouvera.
Elle n'avait jamais connu son père. Sa mère était
une mendiante, qui vint tomber un soir, mourant de
froid et de faim, contre les portes d'un château, situé
en Bohême, à quelques lieues de Prague. Ce château
appartenait à un riche seigneur, nommé le comte
Touazig. On y recueillit la mère et l'enfant. La première y mourut le même jour. L'enfant y demeura,
y fut élevée et grandit librement à côté du fils du
comte, qui avait quelques années de plus qu'elle. A
dix-sept ans, elle fut aimée, à la fois, du père et du
fils. Elle épousa le jeune, et s'enfuit avec lui, à la
barbe du vieux, que la colère tua en quelques heures,
sans lui laisser le temps de déshériter les fugitifs. Ils
se virent, au lendemain de leur mariage, libres et
maîtres d'une fortune considérable.

A quatre ans de là, la comtesse devint veuve, un
épuisement prématuré lui ayant enlevé son mari.
Elle le pleura peu, vendit ses biens, et ne laissant
derrière elle d'autre famille que celle du comte, qui
ne lui avait témoigné jamais que du dédain, elle prit
son vol vers la France. Sa jeunesse, son inexpérience,
et par-dessus tout, sa nature emportée, vicieuse, la

perdirent sur-le-champ. Bien que riche et titrée, elle
eut, en peu de mois, de si bruyantes aventures, que
quelques femmes du monde, qui d'abord l'avaient
reçue, cessèrent de la voir. Elle vécut alors sans contrainte, s'entoura des hommes les plus roués de
Paris, se lia avec des filles, s'abandonna à toute la
fougue de ses passions.

— C'est le balai le plus rôti de l'Europe, disait, en
parlant d'elle, le prince Pogoutzine.

On s'expliquera ces mots, lorsqu'on saura qu'il
n'était pas de folies que la comtesse n'eût commises;
pas de caprices auxquels elle n'eût cédé; pas d'extra-
vagances devant lesquelles elle eût reculé. Elle habitait, rue Barbet-de-Jouy, un petit hôtel, que les
bonnes femmes du quartier appelaient la maison du
diable. On parlait dans le monde, comme d'une
curiosité piquante, des fêtes qu'elle y donnait, et qui,
souvent, dégénéraient en orgies. Elle allait, de la
sorte, sans souci de sa pudeur, de sa dignité, de sa
réputation.

Lagardie n'avait jamais entendu parler d'elle. Il
ne connut que plus tard la triste renommée de cette
petite créature, qui ressemblait plus à un garçon
travesti qu'à une femme susceptible d'incendier le
cœur le mieux trempé. Et, ce soir-là, il s'occupa
moins d'elle que de Jeanne Aubry.

Le dîner eut lieu dans une salle à manger, éclairée
par cent bougies, vaste, aérée, où l'on n'avait pas à
redouter cette chaleur lourde qui saisit les convives

à la fin d'un repas. Sur les murs, peints à fresque, étaient retracées les nombreuses amours de Jupiter. Puis, c'étaient des fleurs, des arbustes, des statues, des vases d'albâtre. La table portait pour cent mille francs d'argenterie. Les mets étaient succulents, les vins exquis; le service, fait rapidement, par des domestiques qui semblaient sourds-muets, tant était absolue l'impassibilité de leur visage. On prit le café à table. Comme on venait de le servir, un nègre de Nubie, géant aux dents blanches, vêtu d'une tunique courte, en soie rouge, coiffé d'un fez de même couleur, à gland bleu, apparut, portant entre ses bras une boîte contenant des cigares et des cigarettes. Il la déposa sur la table. Puis, il plaça, devant chaque convive, une petite coupe en lapis-lazuli, destinée à recevoir les cendres du tabac brûlé.

Grâce à la comtesse Touazig, la conversation ne tarit pas. Elle en fit les frais avec verve. Le prince Pogoutzine lui donna la réplique. Lord Podwer, qui mangea peu, mais but beaucoup, fut leur auditeur le plus attentif. On parla des femmes, de l'amour : on creusa si profondément ce double sujet, que, dix fois, Lagardie, quelque habitude qu'il eût des propos lestes d'atelier, fut choqué d'en entendre de plus scabreux encore, devant des femmes, sur les lèvres d'une femme.

Il était placé à côté de la belle Jeanne Aubry. Il remarqua, non sans plaisir, qu'elle ne prenait qu'une part restreinte à l'entretien. Est-ce donc que sa pu-

deur en souffrait ? Hélas ! non, Lagardie se trompait.
Obligée de satisfaire un formidable appétit, elle
n'avait pas le temps de prononcer une parole. Cette
opulente fille, au visage angélique, goûta à tous les
plats. Elle revint même à quelques-uns. Elle tint tête
à Hermann-Pacha.

Cependant, elle ne laissa pas que de glisser quelques œillades provocantes du côté de M. Guyot-Bussy,
le seul, parmi les cinq hommes qui se trouvaient là,
qui lui parût digne d'attirer son attention. En quoi
les autres pouvaient-ils l'intéresser ?

Le prince Pogoutzine ! Mais elle avait eu de lui
tout ce qu'elle pouvait en avoir. Elle aurait pu dire
exactement ce qu'une femme comme elle, qui n'avait
plus rien à lui accorder, pouvait encore attendre d'un
homme comme lui. C'eût été perdre son temps que
de tenter de le séduire.

Lord Podwer ! ce n'était qu'un pingre, un fat,
occupé d'ailleurs, depuis une heure, par la comtesse !

Hermann-Pacha ! un vieux beau qui n'avait pas le
sou ; glouton autant que ruiné ; bon, tout au plus, à
offrir le bras à une femme, à la sortie du spectacle,
à la condition qu'elle le fît inviter à souper !

Lagardie ! un artiste ! un de ces hommes qui aiment
sérieusement et veulent être aimés de même ! Elle
n'avait que faire d'un amant épris !

Guyot-Bussy ! assez riche pour être prodigue ; assez
sot pour être trompé, tel était son idéal. Voilà pourquoi Jeanne Aubry ne tourna pas une seule fois les

4

yeux du côté de Lagardie ; voilà pourquoi elle par-
tagea les faveurs de ses regards entre sa propre
assiette et M. Guyot-Bussy, qui fut grisé en trois
quarts d'heure, et dans l'ivresse duquel elle eut plus
de part que tout le vin qu'il avait bu.

VII

Lorsqu'on sortit de table, quelques-uns des convives de Pogoutzine étaient dans un état qui faisait
plus d'honneur à la cave du prince qu'à leur tempé-
rance. Hermann-Pacha parlait avec une volubilité
inquiétante. Il s'était emparé de Guyot-Bussy, au
grand désespoir de la belle Aubry. Il lui racontait
par quels glorieux faits d'armes il avait été la cause
de la prise de Sébastopol. L'intrépide joueur avait
perdu son sang-froid. Blanc comme sa chemise, les
yeux égarés, il écoutait avec hébétement cette narra-
tion échauffante, à laquelle il ne comprenait pas un
mot.

Un spleen mortel s'était emparé de lord Podwer.
Il pleurait sur les belles mains de la comtesse Touazig, qui les lui abandonnait avec la plus entière
indifférence.

Quant à Jeanne Aubry, debout contre une statue,
immobile et blanche comme elle, séparée de Guyot-

Bussy par l'interminable récit du héros de Crimée, le regard perdu dans une contemplation qui semblait présager le réveil de l'amour dans son âme, elle était éblouissante.

— Si l'on élevait un monument à la torpeur, c'est avec cette tête-là qu'il le faudrait couronner, dit en riant Pogoutzine à Lagardie.

— Oui, répondit sur le même ton Lagardie, à condition qu'on décorerait de cette tête-ci un monument au vice.

Et il désignait la comtesse qui venait d'abandonner lord Podwer assoupi à force d'avoir pleuré.

— Vous parliez de moi, messieurs ? demanda-t-elle en s'approchant.

— Mon peintre vous trouve belle, ma chère, et il n'ose vous le dire.

A cette déclaration qui laissa Lagardie stupéfait, la comtesse fixa sur lui son regard provocant.

— Monsieur nous trompe, fit-elle. Je l'ai observé pendant le dîner. Il est amoureux de Jeanne.

Lagardie voulut protester. Le prince ne lui en laissa pas le temps et reprit :

— Il n'est pas payé de retour, alors.

— Jeanne ! un caprice !

— Elle n'a eu des yeux que pour Guyot-Bussy.

— Pauvre garçon ! murmura la comtesse.

— Bah ! il est assez riche pour se laisser aimer d'elle durant quelques mois.

Lagardie ne comprit que trop. Un sentiment de

dégoût s'empara de lui. Au même moment, un
domestique entra pour dresser une table de jeu.

— Jouez-vous, monsieur Lagardie ?

— Non, prince, et je vous demande la permission
de me retirer.

— Déjà ! Ah ! au fait, j'oubliais : vous êtes un
homme rangé, vous. Je crains même que vous ne
vous soyez guère récréé parmi ces libertins.

Lagardie fit un geste de dénégation.

— Mon dîner a été un peu improvisé, continua le
prince. Je tâcherai de vous réunir un de ces soirs à
quelques personnes plus dignes de vous... A propos,
reprit-il, êtes-vous toujours décidé à faire le portrait
de Mlle Jeanne Aubry ?

— J'y renonce, répondit Lagardie d'une voix grave.

— Vous ne sentez pas l'âme ! dit Pogoutzine en
répétant à dessein les expressions dont le peintre
s'était servi la veille ; vous avez raison. Ce n'est
qu'au théâtre que cette froide nature s'éveille et
semble éprouver quelque émotion.

La comtesse Touazig avait écouté cet entretien
sans y prendre part, indifférente en apparence à ce
qu'elle entendait. Mais lorsque le peintre déclara
qu'il renonçait à faire le portrait de Jeanne Aubry,
elle ne put retenir un sourire qui pouvait bien passer
pour une marque d'estime. Puis, lorsqu'elle le vit
prêt à se retirer, elle s'avança vers lui.

— Monsieur, voulez-vous m'offrir votre bras jusqu'à
ma voiture ?

— Quoi ! vous partez aussi, comtesse ! s'écria Pogoutzine.

Tandis que Lagardie, attristé plus qu'il n'aurait voulu, demeurait seul au milieu du salon, elle s'avança vers Jeanne Aubry.

— Bonsoir, ma chérie. Viendras-tu déjeuner avec moi ?

— Tu t'en vas déjà ? fit Jeanne languissamment. Non, non, ne m'attends pas demain ; je serai occupée.

— Ah ! ma pauvre, reprit la comtesse en regardant Guyot-Bussy qui échappait enfin aux serres redoutables du héros de Crimée, il est bien bête.

— Oui, mais il est si riche !

La comtesse leva les épaules, obéissant à un sentiment de dédain, et embrassa Jeanne. Celle-ci se laissa faire ; puis, sans voir le salut de Lagardie, elle courut à Guyot-Bussy, subitement dégrisé à l'aspect des cartes qu'on venait d'apporter, et l'entraîna auprès d'elle sur un divan.

Le prince revint portant lui-même la pelisse de la comtesse. Tandis qu'il l'enveloppait, il lui dit à l'oreille :

— N'allez pas rendre mon peintre amoureux.

— Laissez donc, mauvais plaisant. Ah ! où est l'homme au petit pied, mon adorateur ? s'écria-t-elle.

Hélas ! lord Podwer, après avoir beaucoup pleuré, s'était endormi. Il ronflait sans vergogne, à deux pas de la place où Guyot-Bussy proférait à l'oreille de Jeanne Aubry des serments d'amour. Pour compléter

le tableau, Hermann-Pacha dormait à l'autre extrémité du divan.

— L'ingrat ! murmura ironiquement la comtesse,
en montrant le diplomate anglais.

— Je vais les réveiller, s'écria Pogoutzine.

En même temps, il s'élança vers le divan. Passant,
tour à tour, devant lord Podwer et devant Hermann-
Pacha, il les secoua si brutalement qu'ils furent
bientôt sur pied. Les entraînant l'un après l'autre
vers la table de jeu, il les contraignit à y prendre
place, tandis que Jeanne Aubry, victorieusement
appuyée sur le bras de Guyot-Bussy, venait les rejoindre ; le jeu commença aussitôt.

Pendant ce temps, la comtesse Touazig s'était
éloignée suivie de Lagardie. Son coupé l'attendait
dans la cour de l'hôtel et s'avança devant le perron.
Elle y monta lestement, se blottit dans un coin,
rangea fort artistement les plis de sa robe autour
d'elle pour laisser une place libre à son côté.

— Montez donc, monsieur Lagardie, dit-elle. Et
comme elle le vit hésiter, elle ajouta : Accompagnez-
moi, on vous ramènera.

Lagardie obéit.

Maintenant, figurez-vous l'émotion d'un homme
jeune qui se trouve inopinément en tête-à-tête avec
une jeune comtesse, dans un coupé bien clos. Figurez-
vous ses émotions, son trouble, ses pressentiments,
ses convoitises, et vous comprendrez peut-être ce qui
se passa dans le cerveau de Lagardie. Durant toute

la soirée, il ne s'était occupé que de Jeanne Aubry.
C'est pour elle que son cœur avait battu; pour elle
que des désirs mystérieux y étaient nés. Il n'avait
même pas remarqué la comtesse Touazig ni échangé
un seul mot avec elle.

Ce n'est qu'au dernier moment qu'il avait prêté
quelque attention à cette étrange personne qui lui
semblait extravagante, bavarde, étourdie, incapable
d'inspirer l'amour ou l'estime. Maintenant, grâce à
Pogoutzine, il était assis à ses côtés, si près d'elle
qu'il pouvait, en faisant un mouvement, la prendre
entre ses bras, l'écoutant parler, se demandant s'il
était éveillé ou s'il rêvait. Il devinait une nature
audacieuse, passionnée. Non préparé à cette rencontre, son cœur battait avec violence.

— Vous êtes peintre, monsieur ?

— Oui, madame.

— Le prince prétend que vous avez beaucoup de
talent.

— Le prince est indulgent.

— Vous deviez donc faire le portrait de Mlle Jeanne
Aubry ?

— Je l'avais promis. J'ai retiré ma promesse.

— Pourquoi ?

— Parce que Mlle Aubry est encore un mystère
pour moi. Je ne l'avais vue avant ce soir qu'une seule
fois. C'était à l'Opéra. Elle chantait et faisait entendre aux spectateurs, éblouis de sa grâce et de sa
voix, les plaintes d'une amante délaissée. J'avais

rêvé la femme semblable à l'artiste qui me charma durant une soirée.

— Et vous avez découvert que votre chanteuse idéale n'était qu'une belle fille. Cela ne vous suffit donc pas ?

Lagardie garda le silence.

— Moi, j'aime sa beauté, reprit la comtesse, sans avoir comme vous la prétention de lui demander ce qu'elle ne peut donner. C'est un poème de chair, mais rien de plus.

— J'avais rêvé autre chose.

Comme Lagardie venait de prononcer ces paroles, la voiture s'arrêta. On était arrivé, ce qui coupa court à l'entretien. La comtesse Touazig, nous l'avons dit, habitait rue Barbet-de-Jouy.

— Voulez-vous accepter une tasse de thé chez moi ? demanda-t-elle.

Lagardie, de plus en plus troublé, répondit par un signe de tête. La comtesse descendit de voiture et franchit le seuil de sa maison. Il la suivit jusque dans un petit salon où elle le laissa pendant quelques instants, pour revenir bientôt, vêtue d'un ample peignoir de cachemire écarlate.

Alors, Lagardie l'examina mieux. Tous ses traits étaient délicats, mais d'une forme irréprochable. Son visage aux tons mats semblait doré par un soleil sombre. Son regard brûlant respirait une hardiesse étrange. La vie qui y régnait la rendait jolie. Le peintre ne tarda pas à éprouver une émotion contre

laquelle il était impuissant à se défendre. Mais cette
émotion ne ressemblait en rien à celle qui précède
l'amour. C'était le saisissement brutal causé par la
perspective de voluptés inconnues.

Elle s'assit en face de lui, versa le thé qu'on avait
apporté, lui offrit une tasse pleine. Il n'osa la prendre,
redoutant de laisser voir le tremblement nerveux qui
agitait tout son corps. Elle fixa sur lui ses yeux inter-
rogateurs.

— Ayez pitié de moi, madame, murmura-t-il ;
vous voyez bien que ma tête se perd.

— Me trouvez-vous aussi belle que Jeanne Aubry ?

— Aussi belle, et plus séduisante, répondit-il en
tombant à ses pieds.

Il y eut une minute de silence. On n'entendait rien
que le bruit des baisers que Lagardie déposait sur
les mains de la comtesse.

— Sortez, monsieur, dit-elle tout à coup. Il est
plus de minuit. Ma voiture vous attend pour vous
ramener.

Parlant ainsi, elle se dégagea doucement des bras
de Lagardie.

— Je crois que je vais vous aimer, fit-il en se relevant à regret.

Elle redevint sérieuse, et répondit d'une voix
émue :

— Ah ! pauvre être naïf ! que deviendriez-vous si
je vous prenais au mot ? Tenez, je ne sais quelle
pensée vient de me traverser l'imagination, en vous

voyant là à mes pieds. Mais je veux qu'en partant d'ici, vous m'estimiez assez pour ne pas croire à tout ce que vous diront les gens qui vous parleront de moi. Je veux aussi vous sauver de vous-même. Allez-vous-en et ne revenez plus. M'aimer, ce serait folie.

Il voulut insister.

— Allez! allez! reprit-elle, oubliez-moi. J'ai eu tort d'être trop faible.

Elle lui mit son chapeau dans les mains, le poussa doucement vers la porte et la ferma derrière lui, dès qu'il fut sorti. Il se trouva dans l'antichambre. Un valet de pied se leva et lui dit :

— Une voiture attend monsieur.

— Je rentrerai à pied, répondit Lagardie...

Il revint ainsi par les rues désertes, baignant son front enfiévré dans la fraîcheur humide d'une belle nuit de printemps. Après avoir passé par des sensations si nouvelles pour lui, les yeux encore pleins de l'opulente beauté de Jeanne Aubry, le cerveau échauffé par la déclaration qu'il venait de faire à la comtesse Touazig, touché au cœur par la réponse attendrie qu'il avait provoquée, confondant dans sa pensée ces deux femmes si diverses, souhaitant un tout fait des charmes éclatants de l'une et des attraits agaçants de l'autre, il en rêvait comme d'un idéal ardemment poursuivi.

Quoiqu'il eût été jusqu'à ce jour chaste et laborieux, il avait suffi de deux créatures sans cœur pour porter un trouble profond dans les replis les plus

cachés du sien. C'est qu'on n'approche pas impunément de ces fleurs aux âcres parfums, qui cachent,
sous les couleurs les plus tendres, le poison qu'elles
renferment.

Êtes-vous descendus dans les profondeurs mystérieuses et souvent ignorées de ce qu'on est convenu
d'appeler la galanterie parisienne ? Avez-vous passé,
ne fût-ce qu'une fois, auprès de ces belles impures,
poétiques jusque dans la révélation de leur perver-
sité, habiles à émouvoir des cœurs non préparés à
leurs attaques, comédiennes rouées qui jouent les
rôles les plus variés avec un égal succès ; qui ont à
un même degré l'art de faire couler dans les veines
des vieillards blasés l'illusion passagère de la jeunesse et l'art de courber à leurs pieds les natures les
plus nobles, les plus fières, en leur parlant d'amour
chaste et pur, comme si elles l'avaient jamais goûté ?

Avez-vous succombé sous leur influence perni-
cieuse, éloquente comme tout ce qui est beau, énervante et délétère comme une brise qui tomberait sur
vous, après avoir traversé le feuillage d'un mance-
nillier ? Le rayonnement sombre qui descend des
yeux des sirènes vous a-t-il grisés ? Avez-vous connu
dans leurs bras les voluptés qui tuent ? Ont-elles
mordu votre cœur ? Ont-elles bu votre sang ? Si telle
n'est point votre histoire, vous ne sauriez comprendre, dans toute leur étendue, les convoitises
ardentes qui, semblables à un mal délicieux et cruel
à la fois, embrasaient le cœur de Lagardie.

VIII

Le lendemain, dès neuf heures, Lagardie, après
une nuit agitée, descendit dans son atelier, sans
avoir vu ni sa mère ni sa sœur qui dormaient encore.
Son visage était pâle, ses traits altérés. En proie à
une langueur douloureuse, il sentait un vide immense
en lui, comme si l'existence dont il s'était toujours
contenté eût cessé tout à coup de lui suffire.

Des événements de la veille, il lui restait un souvenir à la fois cruel et charmant. Des horizons nouveaux s'étaient ouverts devant lui. Livré jusqu'à ce
jour à un travail quotidien, à des préoccupations
dont on n'ignore plus l'objet, il n'avait pas eu le
temps d'aimer. Maintenant son cœur caressait une
image enchanteresse dont la contemplation l'absor-
bait tout entier. Mais il comprenait qu'en entrant
dans sa vie, l'amour allait en déranger l'économie, y
apporter des distractions redoutables. Il se reprochait

cet amour naissant, sans avoir la force de combattre
les espérances qui le troublaient.

Elles étaient à la fois une joie et un supplice. Il les
trouvait coupables. Mais la pensée d'y renoncer lui
gonflait le cœur et mettait des larmes dans ses yeux.

Autour de lui, tout semblait terne. Dans son atelier, sanctuaire sacré du travail, où jamais une pensée
indigne n'avait pénétré, aucun objet ne plaisait plus
à ses yeux. Sur un chevalet, une toile commencée
l'invitait à reprendre le pinceau.

Ce pinceau n'était plus dans ses mains qu'un instrument impuissant. L'imagination ne pouvait plus
le guider, tant elle était préoccupée du souvenir de
la comtesse Touazig, entrevue à travers l'éclatante
beauté de Jeanne Aubry.

Une heure s'écoula ainsi. Dix fois, il essaya de
secouer cette influence malsaine ; il saisit fébrile-
ment sa palette, tentant de fixer les couleurs sur
l'ébauche de l'œuvre nouvelle. Dix fois, sa main refusa d'agir et retomba, indocile, paralysée. — Quel
est celui qui n'a passé par ces épreuves ?

Au lendemain d'une journée consacrée par l'apparition d'une femme destinée à porter le trouble dans
une vie laborieuse et sévère, quel est celui qui n'a
senti son cerveau vide, stérilisé ? Quel est celui qui,
soudain découragé, n'a étreint son front pour en
arracher un portrait qui s'y était fixé, qui n'en voulait pas sortir ?

Telles étaient les impressions de Lagardie. Tout à

coup, il prit place devant une table, sous le jour
éclatant d'une fenêtre par laquelle entraient à flots
les rayons d'un soleil embaumé. Sur cette table, il y
avait une feuille blanche et un crayon. Il prit le
crayon. Sur le papier, sa main courut quelques instants. Lorsqu'elle s'arrêta, il avait fixé là, comme ils
l'étaient dans son cœur, des traits qui ressemblaient
en tout à ceux de la comtesse Touazig.

— Je l'aime donc, murmura-t-il, en jetant sur son
œuvre improvisée un regard amoureux.

Puis, sa tête se courba et ses lèvres imprimèrent
un baiser sur l'image de celle qui l'avait séduit.

Il entendit du bruit dans la pièce voisine. Il n'eut
que le temps de cacher le portrait. Sa sœur entra ;
il se leva, essayant de sourire, et lui tendit ses deux
mains. Elle lui présenta son front qu'il embrassa.

— Bonjour, mon Robert, dit-elle ; as-tu dormi ?
N'es-tu pas fatigué de ta petite fête d'hier ? Était-ce
brillant ? Le prince a-t-il été aimable ?

— La ! la ! curieuse, répondit-il. Pourquoi ce flot
de questions ? Oui, j'ai dormi. Non, je ne suis pas
fatigué. Le prince m'a comblé de prévenances. Es-tu
contente ? Est-ce là tout ce que tu voulais savoir ?

Elle s'éloigna un peu confuse et répondit :

— Il n'y a aucun mal à te demander si tu es con-
tent de la soirée que tu as passée si loin de nous, reprit-elle. Ce qui t'intéresse m'intéresse. Tu m'as dit
avant-hier que la fortune est entrée ici. J'ai voulu
savoir si elle s'est montrée souriante.

— Le prince m'a témoigné le plus vif intérêt. Il vient d'acheter le tableau que j'ai exposé au salon. Il paraît avoir du goût pour mes œuvres. Il doit revenir.

— C'est tout ce que je voulais savoir.

Après avoir prononcé ces mots, Suzanne resta pendant quelques instants immobile et silencieuse. Enveloppée d'une robe de chambre sous laquelle on sentait frémir son jeune corps, les cheveux en désordre, à peine contenus dans une résille blanche, le visage reposé, les joues couvertes de couleurs roses, noyées dans la transparence nacrée de la peau, elle était si complètement belle que Lagardie, quelque habitude qu'il eût d'admirer sa beauté, se sentit ému. Alors, une pensée, qui déjà depuis deux jours s'était fréquemment présentée à son esprit, s'y fit jour de nouveau.

— Si le prince la voyait ainsi, peut-être voudrait-il l'épouser, se dit-il. Elle serait à la hauteur d'une semblable situation.

Comme si une préoccupation de même nature eût traversé l'imagination de Suzanne, elle se retourna vers son frère et fit d'une voix un peu timide :

— As-tu vu la princesse Pogoutzine ?

— Il n'y a pas de princesse Pogoutzine.

— Le prince est veuf ?

— Veuf ou non marié, je l'ignore ; mais il vit en garçon.

Cette réponse mit un sourire sur les lèvres de Suzanne.

— Tu as vu des femmes à ce dîner? reprit-elle.

— Non, nous étions entre hommes, répondit vivement Lagardie, qui redoutait de trahir ses impressions.

L'entrée de Mme Lagardie l'interrompit. Il s'approcha d'elle pour l'embrasser. Mais Suzanne, prenant aussitôt la parole, s'écria :

— Je ne m'étais pas trompée, mère. Le prince n'est pas marié.

Cette nouvelle parut procurer à Mme Lagardie autant de plaisir qu'en avait éprouvé Suzanne en l'apprenant. Elle interrogea son fils, voulut connaître tous les détails qui avaient marqué la soirée de la veille.

Lagardie improvisa un récit d'où il élagua tout ce qui aurait pu blesser les oreilles de sa mère et de sa sœur. Il fit une description imagée du palais somptueux de Pogoutzine, sans comprendre que ces paroles alimentaient les illusions de Mme Lagardie et les faisaient partager à Suzanne.

Le silence le plus complet succéda à son récit. Ils étaient tous les trois livrés à une pensée absorbante. Après la visite du prince, Suzanne avait dit à son frère :

— Fais-moi épouser ton Russe. On m'appellerait princesse Pogoutzine.

Cette proposition, émise d'abord comme une plaisanterie, avait, en quarante-huit heures, fait son chemin. Elle était maintenant prise au sérieux par ces trois esprits aveuglés et ignorants. Mais aucun d'eux n'osait se l'avouer.

— Pourquoi pas ? se demandait la mère.

— Il est certain que Suzanne ferait une grande dame accomplie, pensait le fils.

Quant à la fille, sûre du pouvoir de sa beauté, poussée dans cette voie fatale par les conseils de ceux qui auraient dû la protéger, elle s'abandonna à ces rêves éclos d'hier, à travers lesquels elle se voyait, à quelques semaines de là, reine victorieuse et adorée du royaume opulent dont les portes s'étaient ouvertes déjà devant son frère.

— Il faudra l'inviter à dîner, dit tout à coup Mme Lagardie.

— Quoi ! s'écria Lagardie, vous pensez que le prince viendra s'asseoir à notre table ? Notre intérieur est bien modeste pour lui.

Mme Lagardie arrêta son fils.

— Mon enfant, dit-elle, je suis la veuve d'un illustre officier. Si ton père avait vécu, il serait aujourd'hui maréchal de France. Le prince Pogoutzine pourra venir chez nous comme chez des égaux.

— Rien n'est plus vrai, ajouta Suzanne.

— Je l'inviterai quand vous voudrez, répondit Lagardie.

— Ce sera pour la semaine prochaine.

Ce qu'il y a de plus charmant dans un projet semblable à celui qui venait d'être arrêté, ce n'est pas son exécution ; ce sont les préparatifs qui le pré-

cèdent, les débats préliminaires auxquels il donne
lieu. La famille Lagardie ne parla pas d'autre chose.

Un entretien de cette nature n'était pas fait pour
calmer la fièvre qui depuis la veille agitait Lagardie.
Il avait vingt-huit ans. Son expérience était nulle :
qui sera surpris d'apprendre qu'il voyait déjà l'avenir
de sa sœur brillamment assuré, qu'il se voyait lui-
même l'amant heureux de la comtesse Touazig ?

En quittant sa mère et sa sœur, incapable de travailler ce jour-là, il dirigea ses pas du côté du jardin
du Luxembourg. Il venait d'y entrer, respirant déjà
plus librement sous les arbres, parés depuis quelques
jours de leurs premières feuilles, lorsqu'un jeune
homme passa à côté de lui.

— Henri ! s'écria-t-il.

— J'allais chez toi.

— Promenons-nous ici, dit Lagardie, qui prit
affectueusement le bras du nouveau venu.

Henri de Guilleragues était le meilleur ami de Lagardie. Ils avaient le même âge. La taille élevée, bien
prise, des manières qui révélaient une éducation très
soignée, visage agréable, respirant la douceur et
l'énergie, tel était au premier abord Henri de Guilleragues. Il gagnait encore à être fréquenté. Son cœur
était chaud, son esprit cultivé. Mais il ne prodiguait
ni sa tendresse d'âme, ni son instruction. Il se montrait très froid pour les gens qui lui étaient inconnus
et restait tel jusqu'à ce qu'il les eût jugés. S'ils lui
plaisaient, il devenait leur ami, sinon il cessait de

les voir. Il possédait au suprême degré deux qualités
rares, l'indépendance et la volonté. Il n'avait jamais
prononcé une parole qui ne fût l'expression de sa
pensée, ni témoigné du respect pour ceux qui lui
inspiraient du mépris. Il disait volontiers des vérités
dures à qui l'y poussait. Ses opinions n'étaient un
mystère pour personne. En un mot, nature sympa-
thique et franche, il alliait une grande élévation
d'intelligence à une fermeté digne de la race de
preux d'où il sortait.

Orphelin depuis plusieurs années, il vivait seul
d'un revenu de douze mille francs, livré à l'étude des
questions historiques, avec la résolution de publier
quelque jour un livre, mais de n'en publier qu'un,
dans lequel il mettrait toute sa science et tout son
cœur.

Son nom lui ouvrait toutes les carrières aussi bien
que les plus nobles maisons. Il avait préféré vivre
libre. Il habitait la campagne aux environs de Versailles et ne venait à Paris qu'une fois par semaine
pour voir deux ou trois familles, auxquelles se bor-
naient ses relations.

Il n'avait qu'un ami : Lagardie. De temps en
temps, ce dernier allait passer deux ou trois jours à
la campagne auprès de lui. En revanche, Henri ne
laissait jamais s'écouler une semaine sans venir
serrer la main de son cher compagnon, s'informer
de ses travaux, de la santé des dames Lagardie, qui
lui témoignaient une amitié dégagée de toute arrière-

pensée. Si, un moment, Lagardie avait caressé l'espoir de voir sa sœur épouser son ami, il y avait renoncé depuis le jour où ce dernier lui déclara qu'il ne se marierait jamais. Puis Suzanne trouvait Henri un peu sérieux pour elle. Elle n'en parlait jamais qu'en l'appelant le sauvage ou l'ermite, ne comprenant ni le dédain qu'il témoignait pour le monde, ni le radicalisme de ses idées, ni sa vie retirée.

Dans les dispositions où se trouvait Lagardie, la rencontre d'Henri devait lui être salutaire. Tout en se promenant avec lui, il lui fit part des événements des deux jours précédents, en lui taisant soigneusement cependant les espérances qu'il avait conçues touchant Suzanne, comme s'il eût redouté qu'avec sa rude franchise, Henri ne la blâmât de prétendre à des visées aussi hautes. Mais il lui raconta la visite du prince Pogoutzine, la soirée de la veille, sa rencontre avec Jeanne Aubry et la comtesse Touazig. Il lui répéta l'entretien qu'il avait eu avec celle-ci. Enfin, il lui avoua combien son cœur était malade et son esprit préoccupé.

— Tout cela ne te vaut rien, répondit Henri après l'avoir écouté avec attention. Que Pogoutzine te commande des tableaux, si ta peinture lui plaît, soit ! Mais ne mets pas les pieds chez lui. Tout y est pernicieux pour toi. Les séductions qu'on y trouve sont combinées pour exercer une influence passagère sur les hommes les plus blasés de Paris. Comment y résisterais-tu ? Tu ignores les passions, tu as vécu en

anachorète, tu n'as eu que des amours de passage.
Si tu laisses mettre le feu à ton cœur, l'incendie dévorera tout en toi, je t'en préviens.

— Mais j'aime la comtesse, s'écria Lagardie.

— Allons donc ! es-tu sûr de ne pas aimer aussi
Jeanne Aubry ? D'abord, la comtesse Touazig, je la
connais de vue et de réputation. C'est le libertinage
vivant, et tu n'es pas un libertin. Et puis elle est
sèche au moral comme au physique, et tout son
esprit ne remplace pas ce qui lui manque. Il te faudrait une Jeanne Aubry. Mais celle-là est bête. Tu ne
peux pas l'aimer davantage. Chacune d'elles n'a que
la moitié de ce qu'il te faut, l'une l'esprit, l'autre la
beauté. Un tout fait des deux, je ne dis pas que cela
ne pût te plaire. Mais telles qu'elles sont, aucune
n'est faite pour toi et c'est très heureux. Laisse-moi
ces coquines, et si tu nourris la légitime prétention
d'aimer et d'être aimé, nous allons découvrir quelque brave fille, honnête, saine, qui ne soit pas un
laideron, et tu l'épouseras.

— Tu sais bien que je ne peux pas me marier, répondit Lagardie, décontenancé par le langage de son
ami.

— Pourquoi donc, s'il te plaît ?

— Ma sœur doit se marier avant moi.

Si, en ce moment, Lagardie eût regardé Guilleragues, il l'aurait vu rougir. Mais cette rougeur aussi
bien que l'émotion de son ami lui échappèrent.

— Nous établirons ta sœur, voilà tout. J'en causerai avec toi. Je crois que j'ai un parti digne d'elle.

Ces paroles, que trois jours avant Lagardie eût accueillies comme une bonne nouvelle, le laissèrent insensible. Il marchait tête basse, le cœur gros, à côté d'Henri.

— Te voilà tout triste... s'écria celui-ci. Je ne peux te laisser ainsi. Viens passer deux jours avec moi à la campagne. Les bois sont verts, le ciel est bleu. Le spectacle de la nature ensoleillée te fera sourire. Viens, allons prévenir ta mère, et je t'emmène.

IX

La route qui va de Saint-Cloud à Versailles est,
dans sa brièveté, l'une des plus belles de France.
Laissant sur sa gauche les étangs de Ville-d'Avray,
elle se continue entre une double rangée de peupliers
et d'ormeaux, qui dominent, semblables à des géants
parmi des nains, les bois environnants. Ces bois sont
mystérieux, pleins de silence et d'ombre. Leurs
longues avenues viennent à de fréquents intervalles
déboucher sur le grand chemin, comme pour per-
mettre au promeneur de reposer ses regards sur
leurs riantes perspectives et ses membres fatigués
sur leur sol gazonné. Le terrain est accidenté. Il
s'élève et descend tour à tour, si brusquement que le
passant voit la forêt, tantôt au-dessus de sa tête sur
des talus élevés, tantôt sous ses pieds dans des ravins
profonds.

Regardés du point culminant de la route, ces bois

admirables s'étendent à droite et à gauche, pareils à
un océan de verdure. En été, au déclin du jour,
lorsque la chaleur s'est apaisée, de ces vastes groupes
d'arbres s'échappent des parfums pénétrants, des
bruits confus. Le vent léger qui passe au-dessus des
feuilles leur arrache une mélodie tranquille, douce,
qui sert d'accompagnement au chant tapageur des
oiseaux rentrant au nid.

Mais bientôt, la nuit couvre de ses voiles cette
nature paisible. La lune monte dans le ciel pur, répandant autour d'elle sa clarté blanche. Sur le sol
de la route, sur le gazon des avenues, se dessine
l'ombre allongée des chênes dont les branches
prennent des allures inquiétantes. Dans la nuit,
l'arbre se fait fantôme. Quelques lapins effrayés tra-
versent la clairière comme un trait pour aller chercher un abri dans leur terrier. Les oiseaux s'en-
dorment. Le silence du soir n'est plus troublé que
par le cri monotone du coucou, alternant avec une
chanson de fauvette, et par un concert de grenouilles
groupées au bord d'une mare et lançant dans l'air
leurs notes aiguës et métalliques.

C'est par une soirée semblable qu'après avoir marché pendant tout le jour, Henri de Guilleragues et
Lagardie étaient assis sous bois, au lendemain de
leur rencontre. Ils se trouvaient à quelques pas de
la maison du premier, dans une allée obscurcie par
l'ombre épaisse des arbres qui la bordaient. A travers
le feuillage, ils voyaient d'innombrables étoiles scin-

tiller au fond du ciel. Ils étaient émus l'un et l'autre, non pas seulement par le silence mystérieux de la forêt endormie, mais encore par la nature des pensées auxquelles ils étaient en ce moment livrés.

Depuis la veille, Henri avait fait de tels efforts pour distraire son ami, que celui-ci, retrempé par le spectacle des champs, éprouvait, à la suite des émotions par lesquelles il venait de passer, une quiétude absolue. Les impressions pernicieuses subies par lui se dissipaient. De l'influence qu'avait exercée sur son cœur et sur ses sens la comtesse Touazig, il ne restait rien qu'un souvenir de plus en plus confus. Secouant sa torpeur, il était descendu en lui-même, y avait puisé la force de réduire à leurs proportions véritables les désirs malsains, cause unique de son malaise et de sa tristesse. Il en rougissait comme d'un sentiment indigne de lui, surtout après avoir compris le caractère de la femme qui les avait allumés. Sorti victorieux d'une épreuve dangereuse, il respirait plus librement.

— Es-tu toujours décidé à partir demain ? lui demanda Henri.

— Demain, dès le matin, répondit Lagardie. Quoique séparé de ma mère et de ma sœur depuis hier seulement, j'ai hâte de les revoir. Et puis, je veux me remettre au travail. C'est l'unique moyen de finir la guérison que tes bons conseils ont commencée.

— Soit, travaille. Mets-toi tout entier dans ton

œuvre. Apportes-y toutes tes ardeurs. Surtout, garde-toi bien d'affronter de nouveau le péril auquel tu as échappé.

— Sois sans crainte à cet égard ; il est des tentations auxquelles on ne s'expose plus, après s'y être dérobé. Pour les prendre en horreur, il suffit d'ouvrir les yeux. Je saurai en éviter de nouvelles.

Lagardie parlait avec une entière sincérité. C'est bien réellement qu'il se croyait sauvé. Henri de Guilleragues, qui connaissait de réputation Jeanne Aubry et la comtesse, lui avait raconté leur passé. Il avait dépeint la vie de ces deux femmes avec assez d'éloquence pour éteindre, dans le cœur de son ami, toute velléité d'estime et d'amour pour elles.

— C'est ainsi que je te veux toujours, reprit-il. Si les pensées que tu as su vaincre t'assaillaient de nouveau, reviens ici. La contemplation des bois est bienfaisante pour les natures amoureuses d'idéal.

Le silence succéda à ces mots, mais il ne dura pas longtemps. Au bout de quelques minutes, Henri continua :

— Maintenant que te voilà calme, je peux, sans égoïsme, te parler de moi. A mon tour, j'ai besoin de ton amitié. Veux-tu écouter une confidence et une prière ?

A cette question, Lagardie, qui était étendu sur le gazon, se redressa vivement.

Il prit avec effusion la main de son ami, assis à ses côtés.

— Parle, lui dit-il. Puis-je te servir en quelque chose ? Je n'ai rien à te refuser, tu ne l'ignores pas.

Henri réfléchit un moment, puis il dit :

— Prête-moi toute ton attention, et, quoi qu'il advienne de la demande que je vais t'adresser, promets-moi que notre amitié n'aura pas à en souffrir.

Bien que la solennité de ces préliminaires le troublât quelque peu, comme s'il eût compris où Henri voulait en arriver, Lagardie n'hésita pas à répondre à ces paroles par la protestation la plus chaleureuse.

Henri reprit :

— Depuis dix ans, je suis seul au monde. J'en avais cinq lorsque mon père mourut, dix-huit lorsque je perdis ma mère. Elle m'avait laissé cette maison. J'y restai. Dans ma solitude, j'ai goûté des joies profondes qui me la rendent chère. Cependant, je dois te l'avouer, je souffre souvent de cette solitude. Après une journée consacrée au travail, lorsque je parcours ces bois qui n'ont plus de secrets pour mes pas, ma pensée m'échappe, en dépit de mes efforts, et court loin d'ici. Je rêve d'une compagne qui s'appuierait à mon bras, d'enfants qui peupleraient ma demeure déserte.

En un mot, bien que j'eusse souvent arrêté des résolutions contraires, ma jeunesse, le besoin d'aimer, ont eu raison de moi. Je suis résolu à me marier. Ma fortune, sans être considérable, me permet cependant d'assurer le sort de la jeune fille qui voudra de ma main. Sa vie ne sera pas brillante. Mais elle trouvera ici, avec le repos, un amour durable et profond.

— C'est cette jeune fille que tu cherches ? dit doucement Lagardie.

— J'aime, répondit Henri. J'aime depuis un an une créature charmante, distinguée, belle, digne de moi.

— Le lui as-tu dit ?

— Jamais ! Le respect que j'ai pour elle est égal à l'affection qu'elle m'inspire.

— A-t-elle deviné ?

— Non ! Un jour même, j'ai déclaré devant elle que je ne me marierais pas. Je ne l'aimais pas encore.

Tout en parlant, Henri s'était levé. Il marchait rapidement, allant et venant, devant Lagardie qu'il ne regardait pas, comme s'il eût craint de lui laisser découvrir ce qu'il n'osait lui avouer. Il s'arrêta tout à coup et dit d'une voix émue :

— C'est ta sœur que j'aime. A toi de voir si le comte de Guilleragues est digne d'entrer dans la famille Lagardie.

Avant que cette phrase fût terminée, le peintre était debout et, serrant les mains de son ami :

— Hélas ! murmura-t-il, que n'as-tu parlé plus tôt !

— Ta sœur a-t-elle distingué quelqu'un ? demanda anxieusement Henri.

Lagardie hésita à répondre.

— Pourquoi ne dirais-je pas la vérité ! s'écria-t-il tout à coup.

— Tu m'effrayes. Parle vite.

Lagardie fit alors le récit de tout ce qui s'était passé depuis deux jours. Il raconta les espérances de sa mère, de Suzanne, espérances que lui-même avait encouragées. Puis, afin que son ami comprît mieux pourquoi la visite du prince Pogoutzine avait eu de semblables résultats, il remonta le passé. Il fit part à Henri des faits que le lecteur sait déjà.

Lorsqu'il s'arrêta, Guilleragues connaissait dans toute son étendue l'ambition de Suzanne et les circonstances qui l'avaient fait naître.

— Combien tes révélations me sont cruelles ! dit-il avec amertume. J'ai la certitude que le prince Pogoutzine n'est point l'homme qui peut assurer le bonheur de Suzanne. Et cependant, si je te le dis, si je veux te le prouver, tu pourras croire que le dépit seul inspire mes paroles, que je ne songe qu'à moi, qu'égoïstement je plaide ma propre cause. Je parlerai cependant. Tu connais Pogoutzine depuis deux jours à peine et tu as déjà songé à lui confier ta sœur !

— Je n'y ai pas songé le premier !

— Soit ! mais tu as souffert qu'on s'arrêtât à un semblable projet. D'abord, le connais-tu, cet homme ? qui est-il ? d'où vient-il ? Depuis dix ans, il vit à Paris, je le sais, reçu partout, particulièrement honoré par l'ambassadeur de son pays. Mais n'est-ce pas sa fortune seule qui lui vaut ces hommages ? Connais-tu son caractère ? As-tu pénétré dans sa vie ? Si tu le fréquentais depuis longtemps, tu pourrais

dire qui il est. Pour moi, qui m'en tiens au jugement
d'hommes probes, je sais qu'il passe pour un personnage sans principes, qui foule aux pieds tous les devoirs, qui ne professe d'autre morale que celle de son
bon plaisir. Et c'est à ce libertin quadragénaire, dont
le cœur est desséché par la débauche, que tu livrerais
ta sœur ! Qu'elle ait pu y songer, elle, je le comprends. Elle est assez belle pour avoir nourri l'ambition de devenir princesse et trop pure pour deviner
les turpitudes qu'elle rencontrerait sous ses pas :
mais ta mère, une femme d'expérience et d'âge !
mais toi ! un homme pour qui la vie n'est pas un
livre absolument fermé... Vraiment, vous êtes in-
sensés !

— Henri, le dépit t'arrache des paroles exagérées.

— Le dépit ! non, mais une sollicitude bien entendue. J'ai assez d'empire sur moi-même pour ne rien
laisser deviner de la douleur que je peux éprouver.
Ce n'est pas l'homme épris de ta sœur qui te parle
en ce moment : c'est ton ami. Il y a deux jours, vous
ne connaissiez pas Pogoutzine, et parce qu'il est
prince, parce qu'il est riche, vous voulez le faire entrer dans votre famille. As-tu réfléchi aux démarches
sans dignité auxquelles vous allez vous livrer tous
pour le séduire ? C'est un piège qu'il faut lui tendre,
une spéculation sur la beauté de ta sœur ! Laisseras-tu
respirer le parfum de cette chaste et fraîche fleur par
ce Lovelace corrompu que fuient toutes les honnêtes
femmes, parce qu'il ne saurait se lier avec aucune

d'elles sans la compromettre ? Tu en feras ton ami !
Tu l'introduiras dans l'intimité du foyer domestique,
sans calculer les conséquences de ta conduite ! Mais
il suffira de huit jours d'un tel commerce pour perdre
à jamais la réputation de ta sœur.

Lagardie n'avait pas besoin de ces paroles pour
être convaincu de la sincérité de Guilleragues. Non
seulement, il connaissait la droiture de ce cœur
énergique, mais encore il retrouvait dans son langage l'expression nette et précise des scrupules qu'il
avait éprouvés déjà durant les deux jours précédents
au sein même de ses espérances. En ce moment, il
prit la résolution d'ouvrir les yeux à sa mère, de
faire entendre raison à Suzanne, de déployer au
besoin toute la fermeté nécessaire pour les empêcher
de s'engager dans des avances imprudentes. Puis,
désireux de tranquilliser son ami, il lui fit part de
son dessein.

— Seras-tu assez fort pour faire partager ta conviction à ta mère ? demanda Guilleragues.

— Il suffira pour cela de lui dire que tu désires
devenir son fils.

— Il ne s'agit pas de moi. Il peut arriver que Suzanne repousse ma demande. Même dans ce cas, il
faut, si tu es soucieux de son honneur, renoncer à
toute espérance où Pogoutzine serait mêlé. Ne fais
rien sans t'inspirer des souvenirs de ton père, sans
te demander si, vivant, il approuverait ta conduite.

Ce fut sur ces graves paroles que les deux amis, en

rentrant dans le petit cottage d'Henri, se séparèrent
pour aller dormir. Ils se couchèrent peu satisfaits
l'un de l'autre. Guilleragues, malgré les promesses
qu'il avait arrachées à Lagardie, redoutait sa faiblesse. Lagardie, tout en reconnaissant la raison et
l'autorité des conseils de Guilleragues, blâmait à
part soi la forme un peu sévère sous laquelle ils
s'étaient traduits.

Le lendemain, le peintre se leva avec le jour, et
sans voir Henri qui dormait encore, il rentra à Paris,
par le premier train. En arrivant chez lui, il courut à
la chambre de Mme Lagardie. Il répéta textuellement
l'entretien qu'il avait eu la veille avec Guilleragues.
Sa mère accueillit très froidement sa confidence.

— Ton ami s'y prend un peu tard pour demander
la main de ta sœur. Il y a un an, il y a trois mois,
j'aurais été heureuse de voir Suzanne consentir à
cette union. Aujourd'hui, j'ai formé d'autres plans :
sont-ils coupables, sont-ils dangereux, ainsi que le
croit M. de Guilleragues ? En rien. Ils sont ceux d'une
mère ambitieuse pour ses enfants. J'essaye d'assurer
un sort brillant à Suzanne ; où est la faute ? Est-elle
dans le désir que j'ai de faire d'elle une princesse,
d'attirer Pogoutzine dans cette maison, afin de placer
sous ses yeux le trésor qu'elle renferme ? Si un semblable désir est une faute, toutes les mères sont coupables. Je le suis moi-même déjà, puisque j'ai conduit ta sœur dans le monde, avec l'espoir que ses
qualités séduiraient un homme riche et haut placé.

Quant au péril que peuvent offrir les visites du prince,
ne suis-je pas là pour le conjurer ? N'y es-tu pas toi-
même ? Ne saurons-nous pas les arrêter à temps ?
M. de Guilleragues n'aurait pas conçu les craintes
dont il t'a fait part, s'il n'était pas amoureux de Suzanne. Comme tu le lui as dit, c'est le dépit qui lui a
dicté les discours qu'il t'a tenus. Il aime, mais il re-
doute un rival. C'est plus qu'il n'en faut pour expliquer les exagérations de son langage. Ne réponds
pas encore à sa demande : s'il t'interroge, fais-lui
savoir que tu n'en as pas fait part à Suzanne, que je
veux réfléchir. Cela nous permettra d'attendre. Nous
aurons le loisir d'accepter ses offres, si nos projets
n'aboutissent pas.

Ces paroles ébranlèrent Lagardie ; cependant, il
répondit :

— Ma mère, Henri est mon ami. Est-ce le traiter
comme tel que de subordonner ma réponse au résultat des efforts que vous voulez tenter ?

— Préfères-tu lui répondre sur-le-champ par un
refus ? Je ne m'y oppose pas.

— Mais si Suzanne l'aimait ?

— Si elle l'aimait, tu le saurais déjà, et je serais
la première à conseiller ce mariage. Mais son cœur
ne nourrit encore aucun sentiment de cette nature.
S'il est occupé, ce n'est que depuis deux jours, et par
le prince Pogoutzine.

— Comment en serait-elle occupée ? demanda
vivement Lagardie. Elle ne l'a même pas vu.

— Mais n'en as-tu pas assez dit pour lui inspirer le désir de devenir sa femme ?

— Sait-elle que c'est un des hommes les plus débauchés de Paris ?

— Le prince, un débauché ! Est-ce M. de Guilleragues qui te l'a dit ?...

— J'en ai eu la preuve, ma mère.

Mme Lagardie rougit légèrement. Puis, en souriant, elle répondit :

— Est-ce donc à moi de t'apprendre qu'un homme libre est excusable de s'abandonner à certains entraînements ? Il ne m'appartient pas de t'interroger. Il est des choses sur lesquelles une mère intelligente doit fermer les yeux. Mais enfin, tu dois compter dans ta vie quelques bonnes fortunes. Es-tu un libertin pour cela ?

Son fils voulait l'interrompre, mais elle ne lui en laissa pas le temps.

— Cependant, je veux admettre que le prince Pogoutzine soit ce que tu dis ; serait-il le premier dont une femme jeune et charmante aurait modifié la vie ? Il n'est pas de meilleurs maris que les hommes qui ont eu des passions.

— Je serais donc un mauvais mari ! objecta Lagardie.

— Non, mon enfant. Il ne faut pas prendre mes paroles au pied de la lettre. J'ai voulu dire que lorsque ceux qu'on nomme des viveurs se décident à chercher une femme, c'est qu'ils sont lassés des aventures et résolus à vivre honnêtement. Ton père, quand je l'épousai, ne passait pas pour un saint dans son régiment ; je n'ai cependant jamais eu le plus léger reproche à lui adresser.

Lagardie ne trouva rien à répondre. Le langage de sa mère lui prouvait combien elle était attachée à l'espérance de voir Pogoutzine devenir le mari de Suzanne. Il n'osa tenter plus longtemps de l'en détourner, quelque promesse qu'il eût faite à Guilleragues, presque convaincu d'ailleurs que sa mère raisonnait plus juste que son ami. Suzanne ne connut donc pas, ce jour-là, la demande en mariage dont elle avait été l'objet.

X

.Pour les hommes tels que Pogoutzine, l'amour n'existe pas à l'état de sentiment pur. Leur cœur a perdu l'habitude de s'émouvoir. Seuls, leurs sens ont part dans l'émotion que leur inspire une femme. Honnête ou non, celle dont la beauté les a frappés n'est rien qu'une proie, plus ou moins facile, à la capture de laquelle ils apportent toute leur intelligence et toute leur énergie.

Séduit par Suzanne, dont il n'avait vu cependant que l'image, Pogoutzine conçut d'abord le désir de la connaître mieux, de l'approcher, de lui parler. Rien ne lui était plus facile, surtout dans les dispositions où se trouvait la famille Lagardie. Moins d'une semaine après sa première visite, il se présenta chez le peintre. Celui-ci, docile aux suggestions de sa mère, oublieux des conseils de Guilleragues, fit au prince l'accueil le plus engageant.

Pogoutzine se garda bien de trahir les pensées qu'il nourrissait. N'ayant rien perdu de son sang-froid, il se plaçait en face du but qu'il souhaitait d'atteindre aussi froidement qu'un tacticien expérimenté sur le terrain où la bataille s'offre à lui. Il n'entretint d'abord Lagardie que de tableaux. Il lui en commanda deux, sollicita même quelques conseils artistiques. Il ne pouvait paraître à personne, qu'en causant de la sorte, il eût en vue quelque plan secret.

Au milieu de cet entretien, la porte de l'atelier s'ouvrit brusquement. Comme par hasard, Suzanne entra. Elle avait pris soin de sa beauté plus que de coutume. Sa toilette, quoique un peu exagérée, comme toujours, ne choquait pas, cependant, le bon goût au point de déplaire à Pogoutzine. L'émotion qu'elle éprouvait se trahissait par l'éclat de son regard. Telle qu'elle était, statue vivante, elle parut au prince dix fois plus belle que le portrait ne l'exprimait.

— Pardon ! dit-elle à son frère ; je te croyais seul.

Elle feignit de vouloir se retirer.

Pogoutzine, qui s'était levé, fit deux pas vers elle, en la regardant.

Elle ne put supporter l'éclat de ce regard. Ses joues se teignirent d'une nuance rose, qui indiquait la violence de ses impressions. Elle ne connaissait encore le prince que par ce que son frère lui en avait dit. Son attente fut dépassée. Pogoutzine possédait et

montrait l'intelligence, la volonté, la force, ce qui
séduit les femmes. Il parut admirable à la jeune fille,
et dans une auréole d'or.

Que Pogoutzine devinât, sur-le-champ, l'impression
qu'il avait produite, c'est ce que nous ne saurions
affirmer. Mais, soit qu'il obéît à la règle de conduite
qu'il s'était tracée, soit qu'en effet il eût compris que
la séduction s'opérait, il dit :

— Est-ce donc moi, mademoiselle, qui vous mets
en fuite ? Je me retirerai si ma présence vous est
importune.

— Restez, restez, prince, s'écria Lagardie ; ma sœur
n'est pas une colombe effarouchée !

Un sourire apparut sur les lèvres de Suzanne. Elle
s'inclina légèrement, et alla prendre place en face
du fauteuil où Pogoutzine était assis lorsqu'elle était
entrée.

Quant à Lagardie, cédant à un mouvement de va-
nité, il découvrit le portrait que, peu de jours avant,
Pogoutzine avait admiré, et dit :

— Vous pouvez voir, maintenant, si mon tableau
est digne du modèle !

— Vous n'avez rien exagéré, répondit galamment
le prince ; et, s'adressant à Suzanne, il ajouta : —
Votre frère a beaucoup de talent, mademoiselle.

Sur ces mots, le prince ramena la conversation au
sujet qu'il traitait avant l'entrée de Suzanne. Il y dé-
ploya son esprit, son érudition. Il eut l'habileté d'y
placer plus d'un hommage délicat à l'adresse de la

jeune fille. Il fut, tour à tour, grave et frivole, respectueux et galant.

Mais il sut laisser croire qu'il possédait encore, sur l'amour et sur les femmes, toutes les illusions de la première jeunesse. Il parla, en termes rapides, de son isolement, du bonheur qu'il éprouverait à faire à une personne aimée le sacrifice de sa liberté. En un mot, il tint le langage le plus propre à séduire un cœur enthousiaste et tendre, en déployant lui-même un enthousiasme et des besoins de tendresse qu'il n'éprouvait pas, mais qu'il sut habilement feindre.

Il n'en fallait pas tant pour captiver entièrement Suzanne. Occupée depuis plusieurs jours de Pogoutzine, elle ne découvrait rien qui ne surpassât le portrait idéal qu'elle s'en était fait. Au lieu du grand seigneur dur et hautain qu'elle redoutait, elle avait sous les yeux un homme simple, bienveillant, paré des plus séduisantes qualités. En un mot, elle éprouvait un ravissement qui ne servit qu'à accroître ses espérances.

Quant au prince, lorsqu'il jugea qu'il avait produit un effet suffisant, il se leva pour se retirer.

— Puisque j'ai eu l'honneur de vous présenter ma sœur, vous me permettrez de vous présenter ma mère, dit alors Lagardie. Je cours la chercher.

En même temps, il s'élançait étourdiment au dehors, sans songer à mal, mais troublé au point de ne pas comprendre combien il était peu convenable de laisser sa sœur seule avec un étranger.

Pogoutzine railla intérieurement tant de naïveté. Un Don Juan tel que lui était accoutumé à vaincre tous les obstacles. On lui préparait une victoire trop facile. Mais comment ne pas profiter de ce tête-à-tête inattendu ?

Embarrassée en sa présence, Suzanne aurait voulu lui parler, feindre autant de sang-froid qu'il paraissait en posséder lui-même. Elle ne pouvait. Tout à coup, elle vit le prince approcher, et l'entendit dire à demi-voix :

— J'emporterai d'ici un souvenir qui ne s'effacera plus. Me permettrez-vous de vous revoir quelquefois ?

Bien qu'elle ne s'attendît pas à ces paroles, elle n'en fut point surprise, mais elle frissonna de plaisir. Elle eut, toutefois, le courage de lever les yeux sur Pogoutzine, et de dire timidement :

— Mon souvenir ne s'effacera plus de votre cœur ? Est-ce bien vrai ?

Il savait trop comment on séduit les filles innocentes pour ne pas lire son sort dans le regard fixé sur lui, pour ne pas comprendre, par cette simple question, le pas décisif qu'il venait de faire. Habile à en tirer parti, il reprit :

— Ah ! n'en doutez pas. Comment vous le prouver ? Comment vous prouver que depuis le jour où votre frère découvrit devant moi ce tableau, je vous ai aimée ?

Ces accents graves et doux pénétrèrent jusqu'au fond de l'âme pure de Suzanne. Elle se sentit envahie

par la plus délicieuse des émotions. Deux larmes
montèrent à ses yeux. Il lui sembla qu'une aurore
radieuse se levait sur sa vie et en éclairait l'avenir
des lueurs les plus charmantes.

— Eh quoi ! murmura-t-elle, l'amour peut donc
naître ainsi ?

— Ce n'est pas sa naissance, c'est son réveil, s'écrie
Pogoutzine. Il dormait dans nos cœurs, attendant son
heure. Nous nous sommes vus, son sommeil a cessé.

En même temps, il s'empara d'une des mains de
Suzanne, et y déposa un baiser, qui la laissa sans
force, éperdue, subjuguée !

Ne souris pas, lecteur incrédule ; ne prends pas
pour une invention de l'auteur cet entretien rapide
qui livra Suzanne au pouvoir mystérieux de l'amour.
Rappelle-toi ce qu'on t'a déjà raconté d'elle, les circonstances qui l'avaient préparée à une surprise. Et
si tu doutes encore de la réalité de cette scène, sou-
viens-toi de tous les amants qu'une minute enchaîna
pour jamais l'un et l'autre.

Il avait suffi de ces instants pour décider de la
destinée de Suzanne. Au moment où son frère revint,
accompagnant Mme Lagardie, elle aimait ! Le prince
avait repris son sang-froid, ou plutôt feint de le reprendre, car il ne l'avait pas un seul moment perdu.
Il s'était incliné devant Mme Lagardie, lui parlant
avec toute la déférence qu'un homme de son âge,
fût-il prince ou souverain, doit à la vieillesse d'une
mère. Il la complimentait sur ses enfants ; mais Su-

zanne n'entendait rien. Une pensée infinie se présentait à son esprit dans ce mot qu'elle se répétait sans cesse :

— Il m'aime !

Pogoutzine se retira. Mme Lagardie et son fils entamèrent son éloge. Ils étaient ravis. Suzanne restait muette.

— Eh bien ! petite, tu ne dis rien, fit sa mère ; le prince ne te plaît-il pas? ne le trouves-tu pas aimable?

— Bien au contraire ! il est très aimable, répondit-elle avec vivacité, afin de cacher son trouble.

Puis, elle courut s'enfermer dans sa chambre. Cet amour foudroyant eut pour résultat de chasser de son esprit toutes les pensées ambitieuses. Dans celui qu'elle aimait, elle ne voyait plus, en ce moment, le gentilhomme opulent, dont l'alliance lui donnerait les honneurs et la fortune. Il n'y avait plus devant ses yeux qu'un homme dont l'image la poursuivait ; un amoureux qui n'empruntait aucun charme à son opulence ni à ses titres. Était-il prince? elle n'en savait plus rien; qu'il possédât des palais, des diamants, rien de plus indifférent.

C'est le privilège de l'amour vrai d'épurer tout ce qu'il touche, d'anéantir, dans les cœurs dont il s'empare, les pensées cupides. Sa flamme n'alimente que de nobles sentiments. Suzanne venait, sans s'en douter, de subir une métamorphose complète. De tous les projets qu'elle avait conçus, les jours précédents, un seul la préoccupait encore : celui de se faire ardemment aimer.

En même temps, elle contenait son émotion, afin de n'en rien trahir. C'eût été profaner son cœur que d'y laisser lire. Elle se promettait d'y renfermer son secret : d'abord, parce que c'est la tendance naturelle de l'amour de rechercher le mystère, mais aussi parce que, maintenant, elle redoutait l'ambition de sa mère et de son frère. Elle fût morte plutôt que d'avouer ou de laisser deviner à Pogoutzine les projets et les pensées, qui, dans son être, avaient précédé l'amour.

— Ah ! se disait-elle avec anxiété, pourvu qu'il n'aille pas croire que je me suis laissé séduire par sa fortune et son nom !

Pogoutzine ne croyait pas autre chose. Il n'avait plus l'âge des illusions. Et puis, il était dégoûté de la vérité. Sans doute, il est commun aux hommes de quarante ans de regarder froidement la vie et l'amour. Mais, encore, est-on capable, à cet âge, d'une noble passion, si l'on a vécu d'une vie honorable. Au contraire, a-t-on dilapidé les trésors de son cœur au service de créatures vénales et faciles, on n'en retrouve plus rien, alors qu'on en aurait besoin. C'est le châtiment des natures perverties de ne plus croire aux grands sentiments qui régénèrent l'homme, le relèvent à ses propres yeux, fût-il tombé jusqu'à la fange.

— Ce qui a tourné la tête à l'enfant, se disait Pogoutzine, en cherchant des combinaisons propres à lui livrer Suzanne, c'est mon titre, c'est ma réputation d'opulence.

Mais il n'en souffrait pas, n'éprouvant guère le
désir d'être aimé pour lui-même. Qu'importait que
Suzanne fût poussée dans ses bras par une pensée
cupide ou par un amour sincère, pourvu qu'elle s'y
laissât aller ? Elle était digne de prendre place dans
les souvenirs sur lesquels il comptait pour charmer
sa vieillesse impuissante. Qu'elle fût donc à lui ; il
ne se souciait pas de prolonger son bonheur au delà
du moment qui réaliserait ses désirs.

Le lendemain était un jeudi.

Tandis qu'il réfléchissait au moyen de retourner
chez Lagardie, afin de revoir Suzanne, il reçut la
visite du peintre, qui, courant au-devant de ses vœux,
venait l'inviter à dîner pour le dimanche suivant.

— Je suis servi par le destin, pensa Pogoutzine.

Il s'empressa d'accepter. Lagardie, qui, redoutant
un refus de sa part, n'avait formulé son invitation
qu'avec timidité, le quitta radieux.

Deux jours plus tard, Pogoutzine fut exact au rendez-vous. Pour cette circonstance solennelle, Mme Lagardie s'était mise en frais. Elle servit à ce prince un
dîner de roi, sur une table dont le luxe contrastait
singulièrement avec la pauvreté relative de la salle
dans laquelle on l'avait dressée. Mais les détails que
Pogoutzine aurait pu observer, s'il n'eût été sous
l'empire d'une préoccupation puissante, lui échappèrent complètement. N'avait-il pas à feindre, aux

yeux de Suzanne, un amour exalté ? Il joua son rôle
de façon à finir, ce soir-là, l'œuvre de séduction qu'il
avait entreprise. Il sut jeter à propos, du côté de la
jeune fille, des regards mystérieux, pleins d'éloquence, mêler à sa conversation des allusions, qu'elle
recueillait comme autant de preuves d'amour. Cette
odieuse comédie lui fit goûter, à lui-même, autant
de jouissances qu'elle en donnait à Suzanne. Il rassa-
sia ses yeux du spectacle de cette merveille de grâce
et de beauté.

Pourquoi, durant cette soirée, ne fut-il pas donné
à Suzanne de lire dans ce cœur, en apparence éperdument épris d'elle ! Que de maux évités si, dès ce
moment, elle avait pu connaître la nature des désirs
qu'elle inspirait ! Quelle indignation, quelle douleur
n'aurait-elle pas éprouvées si un pouvoir mystérieux
lui eût permis de découvrir la vérité ! Mais elle aimait
avec autant de naïveté que d'ardeur, et ne soupçon-
nait pas que l'infamie pût atteindre à ce degré.

A neuf heures, on sortit de table. La soirée invitait
à la promenade. On descendit dans le jardin. La nuit
silencieuse et claire couvrait les fleurs d'un voile
argenté. Les astres qui gravitent dans l'infini en-
voyaient leurs pâles rayons à la terre, qui faisait
monter vers eux des parfums exquis.

Un moment, Pogoutzine et Suzanne se trouvèrent
suffisamment isolés, derrière un massif de lilas, pour
échanger quelques mots.

— Enfin je peux vous parler, s'écria Pogoutzine

avec l'ardeur d'un amoureux de vingt ans. Je voulais vous écrire, je n'ai pas osé. Me permettrez-vous de vous apporter des lettres ?

— Il m'est difficile de refuser, répondit doucement Suzanne.

— Vous m'aimez donc ?

Elle ne répondit pas ; mais Pogoutzine ayant répété passionnément sa question, elle dit :

— Je serais heureuse d'être votre femme !

A ces mots, Pogoutzine resta interdit. Il ne s'attendait pas à cette réponse. Un nuage passa sur son front. Un sourire succéda au nuage. Mais Suzanne ne vit rien.

— Serait-ce une rouée ? se demanda Pogoutzine.

L'hypothèse n'était pas admissible.

Suzanne, dégagée de toute arrière-pensée, avait parlé dans la pureté de son cœur, ne voyant un amour tel que le sien qu'à travers la perspective d'engagements irrévocables et solennels.

— Il faut payer d'audace, ou je perds le terrain que j'ai conquis, pensa encore Pogoutzine.

Et, tout haut, il reprit :

— Oui, cher ange, vous serez ma femme, non sur-le-champ, car diverses circonstances s'opposent, en ce moment, à mon mariage, mais un jour qui ne se fera pas longtemps attendre, je l'espère.

Dans l'état d'exaltation et de confiance où se trouvait Suzanne, cette réponse évasive n'altéra pas son bonheur. Il lui suffisait d'être aimée pour être heureuse. Que son bonheur reçût sa sanction définitive plus tôt ou plus tard, elle ne s'en préoccupait pas encore. Les paroles de Pogoutzine la transportèrent : elle s'abandonna au premier baiser de celui qui venait de lui promettre son nom. Elle reçut ce baiser à la clarté des étoiles, dans la fraîcheur embaumée du soir, les yeux à demi clos, et comme pâmée sous le poids d'une ardente émotion.

Cet entretien ne dura pas plus de cinq minutes. Suzanne reparut devant sa mère qui ne devina rien, tant elle eut d'habileté à cacher son visage jusqu'à ce que la rougeur qui l'empourprait se fût dissipée.

Lorsque le prince fut parti, Mme Lagardie dit à sa fille :

— Es-tu satisfaite ? Crois-tu à la réalisation de nos espérances ?

— Chère mère, répondit Suzanne en souriant, je ne peux pourtant pas me jeter à sa tête !...

Elle éprouvait un immense besoin de cacher à tout le monde l'état de son cœur, même à ceux qu'elle avait le plus aimés jusque-là.

XI

A trois jours de là, dès le matin, Henri de Guilleragues entra dans l'atelier de Lagardie. Les deux
jeunes gens ne s'étaient pas vus depuis l'entretien
qu'ils avaient eu dans les bois de Ville-d'Avray.
Henri ne connaissait donc pas le sort de sa demande.
En d'autres temps, il n'eût éprouvé aucune inquiétude à cet égard. Trop souvent Lagardie l'avait pris
pour confident de ses craintes aussi bien que de ses
espérances touchant l'avenir de Suzanne, pour qu'il
ne fût pas autorisé à attendre une réponse favorable
à ses vœux.

Mais depuis qu'il connaissait les visées ambitieuses
de la famille Lagardie, il doutait du succès. Comptant
peu sur les effets des conseils qu'il avait donnés à
Lagardie, il voyait dans le prince Pogoutzine un rival
redoutable. Aussi, arrivait-il chez son ami l'esprit et

7

le cœur pleins d'anxiété. Il lui suffit de voir l'accueil embarrassé que lui fit Lagardie, pour deviner que sa demande était repoussée.

Ils parlèrent d'abord de choses étrangères à l'objet qui l'amenait. Puis, tout à coup, il interrogea le peintre.

— Parle-moi franchement : dois-je espérer ? dois-je, au contraire, renoncer aux projets dont je t'ai fait part ?

— Je n'en ai pas encore entretenu ma sœur, répondit Lagardie.

— Ni ta mère ?...

Lagardie ne savait pas mentir. A cette question, il se troubla. Guilleragues, qui l'observait avec attention, reprit :

— Nous nous sommes promis que, quoi qu'il advînt de la demande que je t'ai adressée, notre amitié n'en serait pas altérée. Ne crains donc pas de me dire la vérité.

— La voici, répondit Lagardie avec effort. Ma sœur ne sait rien de l'amour qu'elle t'inspire. Quant à ma mère, elle pense que l'heure n'est pas venue d'en parler.

— Pogoutzine est-il donc amoureux de Suzanne ?

— Je l'ignore.

Henri de Guilleragues était pâle, mais souriant.

— C'est bien, dit-il enfin. Nous causerons plus tard de ces projets, s'il y a lieu. Mes dispositions resteront les mêmes tant que tu ne m'auras pas formellement

fait connaître qu'il les faut abandonner. Et maintenant, parlons d'autre chose.

Et, avec la plus grande liberté d'esprit, il porta
l'entretien sur un autre sujet. Lagardie, se mépre-
nant au calme qu'affectait Guilleragues, éprouva un
grand soulagement,

— Son amour n'était pas aussi profond que je
l'avais cru, pensa-t-il.

Il se trompait. Henri nourrissait pour Suzanne
l'amour le plus vif. Il avait depuis plusieurs mois
caressé le rêve qui menaçait maintenant de ne pas
se réaliser. Maître de lui à l'âge où d'autres sont encore au pouvoir paternel, il avait de bonne heure jeté
la gourme de sa jeunesse. Revenu des passions
bruyantes, après y avoir rapidement mais profondément goûté, il crut longtemps que la solitude était
une compagne capable de suffire à ses besoins. Un
jour il s'aperçut du contraire ; c'est ainsi qu'il fut
conduit à aimer Suzanne. Il l'aimait avec cette ardeur
froide en apparence et tenace qui est le propre des
natures fortement trempées, mais qui cache des trésors de tendresse. Durant six mois, il porta son
amour, s'examinant, s'étudiant, afin de s'assurer
qu'il n'obéissait pas à un caprice passager. Ce n'est
que lorsqu'il eut la certitude d'être sous l'empire
d'un sentiment durable, profond, que Lagardie reçut
ses confidences.

C'était donc une déception cruelle qu'il subissait.
Mais il n'en laissa rien paraître, désireux, ainsi qu'il

l'avait promis, de ne pas livrer la vive amitié qu'il nourrissait pour Lagardie aux conséquences de son dépit.

— As-tu revu la comtesse Touazig? demanda-t-il tout à coup.

— Non, répondit Lagardie. Même, à te dire vrai, après le séjour que j'ai fait à la campagne, auprès de toi, j'ai peu pensé à elle. Il est probable que je ne la verrai plus.

Comme il venait de prononcer ces mots, on lui remit une lettre. Il ouvrit l'enveloppe, en retira une carte satinée, sur laquelle il jeta les yeux. Il rougit. Puis, cédant à un mouvement intérieur qui témoignait d'une confiance absolue dans son ami, il lui remit cette carte. Henri lut tout haut :

« La comtesse Touazig prie M. Robert Lagardie de venir passer la soirée chez elle, jeudi prochain. On dansera. »

— Si tu l'as oubliée, elle pense à toi, ajouta Henri.

— Que ferais-tu à ma place? demanda Lagardie dont les bonnes résolutions étaient ébranlées déjà.

— Je jetterais cette carte au feu et je la considérerais comme non avenue.

— Mais la comtesse ne s'irritera-t-elle pas de mon silence?

— On a toujours un prétexte pour ne pas se rendre à une invitation de cette nature. D'ailleurs, que t'importe que la comtesse s'irrite ou non, puisque tu ne dois plus la revoir?

— Je ne voudrais pas m'en faire une ennemie. Ne conviendrait-il pas d'aller chez elle jeudi soir pour n'y plus retourner ?

Henri qui était assis se releva, et marchant vers son ami :

— Si tu tergiverses de la sorte, c'est que la résolution dont tu m'as fait part tout à l'heure n'est pas sérieuse ; c'est que tu as envie de revoir cette femme ou quelque autre chez elle. Tu as tort, et c'est vouloir me faire jouer un rôle de Tiberge pour lequel je ne suis pas fait, que de me demander des conseils, alors que tu es résolu à ne pas les suivre.

Décontenancé par cette brusque sortie, Lagardie regarda son ami sans parler. Celui-ci crut lire un reproche dans ses yeux.

— Si mon langage est brutal, s'écria-t-il, mon cœur est bon, tu le sais, plein d'amitié pour toi comme pour ceux qui t'entourent. Mais ta faiblesse, votre aveuglement m'épouvantent. Je ne sais quel vent a passé sur cette maison. Mais je vous vois tous sur une pente dangereuse, et je ne peux comprendre que toi, le protecteur naturel de deux femmes, naïves et sans expérience, tu ne fasses rien pour leur montrer l'abîme où vous allez vous précipiter.

— Tu exagères beaucoup, Henri, répondit le peintre en souriant.

— Crois-tu que j'exagère ? L'avenir dira lequel de nous se trompait.

— L'avenir ! répondit Lagardie, il ne m'épouvante

pas. Tant que je serai là, Suzanne sera protégée
contre les desseins de Pogoutzine, si, comme tu le
crois à tort, ces desseins n'étaient pas ceux d'un
honnête homme.

— Mais seras-tu là à l'heure du danger, si tu te
laisses entraîner par les séductions trompeuses de ta
comtesse ou par celles de Jeanne Aubry ?

— C'est trop se défier de moi ! s'écria le peintre
que les paroles de son ami blessaient au vif. Ton
dépit t'égare, et si n'était la pitié que tu m'inspires,
je te ferais entendre des vérités qui t'échappent à
toi-même en ce moment.

— Tu peux parler, répondit Guilleragues. Tu
n'arriveras pas à m'offenser.

— Tel n'est pas mon dessein. J'ai voulu dire que
tu obéis au ressentiment que tu nourris contre
Pogoutzine depuis qu'il est devenu ton rival. Tu ne
me trouverais pas imprudent, tu n'accuserais pas
ma mère d'aveuglement, si tu n'aimais pas Suzanne
Si tu ne l'aimais pas, ou si, l'aimant, tu avais la certitude d'être payé de retour, tu comprendrais qu'un
homme de mon âge et de mon caractère peut, sans
danger, se livrer à un caprice passager et saisir une
bonne fortune qui se trouve à sa portée.

La vivacité dont le visage d'Henri avait jusque-là
porté l'empreinte fit place à une tristesse profonde.
Il secoua la tête et dit amèrement :

— Accuse-moi d'égoïsme, je m'y attendais. C'est
le sort des amitiés vives mais franches d'être mal

interprétées, lorsqu'elles font entendre la vérité. Tu devrais cependant mieux apprécier la mienne. J'ai dit ici ce que je devais dire, et l'homme épris de ta sœur n'a aucune part dans le langage d'ami que je t'ai tenu. Un de ces pressentiments qui ne trompent pas m'indique que Pogoutzine nourrit de mauvaises pensées, que dans l'une des femmes que tu as connues chez lui, il trouvera un complice qui saura feindre un amour passionné pour t'arracher à tes devoirs, pour se placer entre Suzanne et toi, pour la livrer, impuissante et crédule, aux plans infâmes du prince. Voilà le danger contre lequel j'ai voulu te mettre en garde, et je suis désespéré, maintenant, de t'avoir fait le confident de mon amour, puisque ma confidence a eu pour premier résultat d'exciter contre moi des défiances injustes.

Ces paroles furent impuissantes à détromper Lagardie. Ses sentiments ne furent pas ébranlés. Il en était arrivé, en raison même des résistances qu'il rencontrait dans le langage de Guilleragues, à cette impassibilité contre laquelle viennent se briser les meilleurs conseils. Il crut cependant devoir répondre à son ami :

— Je n'éprouve aucune défiance contre toi, seulement je vois plus clair dans ton cœur que tu n'y vois toi-même.

Un éclair de colère traversa le franc regard d'Henri, mais ce ne fut qu'un éclair, auquel succéda sur-le-champ une résignation douloureuse.

— Je n'ai donc plus rien à faire ici, fit-il doucement.

Et il se dirigea vers une table sur laquelle il avait déposé son chapeau. Il accomplit ce mouvement avec une lenteur calculée, comme s'il eût voulu laisser à Lagardie le temps de réfléchir et de rétracter les mots qu'il venait de prononcer.

Lagardie resta immobile, les yeux fixés, non sans embarras, sur le tableau auquel il travaillait. Devant cette attitude, Henri ne put retenir un geste désespéré ; puis, sans rien ajouter, il s'élança brusquement au dehors.

Le peintre respira comme s'il eût été allégé d'un lourd fardeau. Il releva la tête. Par la croisée entr'ouverte il vit Henri traverser le jardin et regagner la rue.

— Il reviendra, se dit-il. D'ailleurs, en ce moment, il vaut mieux que ses visites soient plus rares.

C'est ainsi qu'il cherchait à se consoler d'avoir mis une scène semblable entre son cœur et un cœur qui le chérissait. Mais, tout à coup, une pensée traversa son esprit.

— S'il avait dit vrai, se dit-il, si Pogoutzine...

Il n'acheva pas. Ses yeux venaient de rencontrer l'invitation de la comtesse Touazig. Un trouble nouveau s'empara de lui. Il ne pouvait être de sang-froid, en pensant qu'il allait revoir cette femme.

XII

En échangeant, après le dîner de la veille, quelques mots avec Suzanne, Pogoutzine avait, on s'en souvient, obtenu d'elle l'autorisation de lui écrire. Mais, dans la précipitation de leur entrevue, ils ne s'étaient préoccupés ni l'un ni l'autre des moyens de s'adresser secrètement leurs lettres. Dès le lendemain, désireux d'user de la faculté que Suzanne lui avait si imprudemment accordée, Pogoutzine se présenta dans la soirée chez Mme Lagardie.

Il était neuf heures. La nuit s'étendait profonde sur ce quartier tranquille. La voiture de Pogoutzine vint s'arrêter sans être remarquée devant la modeste grille de la maison. Le prince sonna, on le fit attendre pendant quelques instants. Enfin, la femme de chambre vint lui ouvrir. Elle le reconnut, et en réponse à ses questions, elle lui dit :

— Madame était souffrante. Elle s'est couchée. Monsieur est sorti après son dîner.

Pogoutzine était debout dans le jardin, un peu désappointé, se demandant s'il devait essayer d'arriver jusqu'à Suzanne, lorsque tout à coup il la vit sortir de la maison et se diriger de son côté. Elle supposait qu'il y avait là l'un des camarades de son frère et venait s'enquérir elle-même de l'objet de cette visite. A cause de l'obscurité, elle ne reconnut pas d'abord Pogoutzine.

— Est-ce mon frère qu'on veut voir? demanda-t-elle, lorsqu'elle fut arrivée au milieu du jardin.

Pressé de saisir l'occasion inattendue de se trouver seul avec elle, Pogoutzine fit quelques pas.

— J'espérais le rencontrer encore, mademoiselle.

En entendant cette voix déjà chère, Suzanne éprouva une émotion si vive qu'elle faillit se trouver mal. Le prince ajouta :

— Mais on me dit qu'il est sorti, que madame votre mère n'est pas visible, et je me retire en regrettant de ne pas les avoir vus.

— Ne voulez-vous pas vous reposer quelques instants? demanda Suzanne qui ne souhaitait pas plus que lui qu'il s'en allât sans lui avoir dit quelques mots.

Il revint sur ses pas.

— Si je ne craignais de vous déranger...

Suzanne se retourna vivement vers la femme de chambre.

— Mettez la lampe au salon.

— Ne vous semble-t-il pas, mademoiselle, que nous serions mieux ici ? s'écria Pogoutzine. Le soir est si doux qu'on goûte un charme profond à rester en plein air.

Sur un signe de Suzanne, on les laissa seuls.

— N'est-ce pas une bonne fée qui m'a conduit ici ? demanda Pogoutzine, en entraînant la jeune fille sur un banc rustique, à l'ombre d'un marronnier chargé de fleurs. On vous laisse donc seule quelquefois ? ajouta-t-il.

— Mon frère sort presque tous les soirs, répondit-elle. Quant à ma mère, sa santé l'oblige à se retirer de bonne heure, surtout lorsqu'elle a peu dormi la nuit précédente. La veillée d'hier l'a beaucoup fatiguée.

— Je pourrais donc venir à cette heure ?

— Je ne sais s'il n'est pas mal à moi de vous répondre affirmativement, dit-elle en baissant les yeux.

— Ah ! chère enfant, que redoutez-vous donc ? Quel mal il y a-t-il à recevoir ici l'homme qui vous aime et veut vous aimer toujours ? Je voudrais vous inspirer une confiance si grande que jamais vous ne puissiez vous défier de celui qui n'ambitionne rien de plus que d'être votre esclave.

— Ma confiance est entière, murmura Suzanne que ce langage comblait de joie. Je sais bien que vous ne voulez pas me tromper.

— Vous tromper ! chassez loin de vous ces funestes

pensées. Je serais un misérable si je nourrissais quelque arrière-pensée, et, en vous parlant de mon amour, je n'éprouverais pas cette quiétude qui est le privilège des sentiments honnêtes. Je veux vous prouver le respect que j'ai pour vous. C'est ainsi que lorsqu'ayant consenti à porter mon nom, vous viendrez prendre place à mon foyer, vous aurez apprécié dans toute son étendue, avant même de l'avoir goûté, le bonheur qui vous y attend.

Il y eut un moment de silence. Suzanne s'abandonnait à l'ivresse de ces heures charmantes dont le souvenir est éternel dans le cœur de ceux qui les ont traversées. Pogoutzine s'était agenouillé devant elle. Dans ses mains, il tenait les mains de Suzanne et se livrait aussi tout entier à l'âcre et malsain plaisir de tromper cette âme crédule et de la voir mordre innocemment au piège infâme qu'il lui tendait.

— Êtes-vous sûr de vous ? demanda-t-elle tout à coup Est-il vrai que vous m'aimerez toujours ?

— Je vous le jure ici, par tout ce qui m'est le plus sacré, répondit-il. Puis, non sans quelque tristesse, il reprit : Hélas ! comment vous prouver la sincérité de mes sentiments ? La parole est souvent impuissante à dire ce qu'éprouve le cœur. Les mots manquent à l'expression complète de nos pensées. Si vous pouviez connaître toutes les miennes, vous verriez combien est grand l'amour que j'éprouve ! quelle influence bienfaisante il exerce déjà sur moi ! le désir qu'il m'inspire de payer par des soins de toutes les heures, par l'assurance du bonheur le plus complet qu'ait jamais goûté créature humaine, les regards épris que vous daignez abaisser sur moi ! Oui, je suis sûr de vous aimer toujours.

— Même lorsque vous serez loin de moi ?

— Même lorsque je serai loin de vous.

— Cependant, vous rencontrerez des femmes plus belles peut-être. En est-il à qui vous ayez adressé ces paroles qui me rendent si heureuse, si fière ? Ah ! si l'une de celles que vous avez aimées peut se vanter d'avoir eu de votre cœur une part égale à celle que j'attends, il vaut mieux partir sur-le-champ, ne plus me voir.

Sa voix tremblait, tandis qu'elle parlait ainsi, et de ses yeux, des larmes tombaient sur les mains de Pogoutzine.

— Je n'ai jamais aimé, répondit-il d'une voix douce. J'ai beaucoup cherché l'amour sans le trouver. C'est ce qui a fait l'agitation et le malheur de ma vie. Souvent j'ai cru tenir le bonheur. Je l'ai vu s'enfuir avant de l'avoir possédé. Non, aucune de celles à qui je voulais donner mon cœur n'avait votre beauté ; aucune n'avait votre voix, votre désintéressement, votre modestie ; aucune n'allumait en moi ces tendresses éperdues qui veulent ardemment être payées de retour. Lorsque, pour la première fois, votre frère découvrit à mes yeux l'image de vos charmes, je sentis que ma destinée était désormais fixée ici. Je vous aimai sur-le-champ, et, depuis, tout

mon cœur est si plein de vous qu'il n'y reste plus
aucune place pour les souvenirs du passé quels qu'ils
soient. Si ma vie a été bruyante, oisive, mal em-
ployée, stérile pour les autres et pour moi, je ne le
sais plus. Je suis un homme nouveau, désireux d'aimer toujours comme j'aime en ce moment, d'être
aimé comme on m'aime, de passer mes jours à vos
pieds. Vous m'avez régénéré, et le pouvoir soudain
que vous avez pris sur moi ne vous échappera plus.

Il parlait ainsi avec éloquence. Suzanne était
écrasée sous le poids de son bonheur. Être belle, être
jeune, être ainsi adorée et se sentir vivre, et croire
et tenir entre ses bras tremblants la tête de celui qui
prononce ces paroles enchanteresses, est-il au monde
une ivresse pareille ?

— Ma confiance est entière, dit-elle à voix basse,
répétant à dessein ces paroles. Et approchant ses
lèvres de l'oreille de Pogoutzine, elle ajouta : Je suis
pour jamais à vous. Je vous rendrai, par un amour
qui n'aura d'égal que le vôtre, la joie sainte dont
vous me comblez. Je vous apporte un cœur qui
n'avait jamais eu, avant de vous connaître, une
pensée d'amour. Vous y régnerez sans partage, vous
y régnez déjà.

L'heure était solennelle. Les arbres s'agitaient
doucement sous le souffle tranquille d'une brise qui
arrivait des champs, encore chargée des sains parfums qu'elle leur avait ravis. Les fleurs de nuit s'épa-
nouissaient aux bords d'un bassin dans lequel tom-

bait, avec un doux murmure, un clair filet d'eau.
Dans l'onde tremblante, les étoiles et la lune se mi-
raient tour à tour, lorsque se dissipaient les vapeurs
légères qui couraient dans le ciel.

— Je pourrai donc revenir quelquefois, avec l'espoir de vous trouver seule ? demanda enfin Pogoutzine, après avoir largement goûté la volupté de cette
heure amoureuse.

— Oui, vous reviendrez, répondit Suzanne, mais
ma mère le saura. Demain, je lui apprendrai le nom
de mon futur mari.

Cette résolution ne pouvait être du goût de Pogoutzine. Il voulait à tout prix en détourner Suzanne.
Mais, il comprenait qu'il fallait le faire avec une
grande prudence. Aussi, sans rien laisser deviner de
ses préoccupations, il dit d'une voix tranquille :

— Vous êtes libre, Suzanne, d'avertir dès à présent
votre mère. Cependant, peut-être vaudrait-il mieux
se taire encore. L'époque de notre mariage est subor-
donnée à la solution de certains intérêts que je dé-
fends en Russie, en ce moment. Si quelques mois
doivent s'écouler encore, avant qu'il puisse se réaliser, ne vaut-il pas mieux laisser notre amour dans
ce mystère charmant qui l'enveloppe aujourd'hui ? Il
est si doux de s'aimer en secret, de ne devoir compte
à qui que ce soit de ses impressions, de vivre l'un
pour l'autre ! Si votre mère est initiée dès à présent
à notre amour, pourrons-nous encore goûter ici le
bonheur intime que nous y goûtons ce soir ? Ne

jugera-t-elle pas que son devoir lui ordonne d'être
toujours auprès de nous? Et puis pourrai-je vous
voir fréquemment, soit en sa présence, soit en présence des amis de votre famille, sans crainte de vous
compromettre?

— Vos désirs sont des ordres, mon ami, répondit
Suzanne, pour qui ces paroles furent une preuve
nouvelle d'amour.

Ils arrêtèrent alors un plan qui leur permît de se
voir secrètement. Il fut convenu que Pogoutzine
viendrait deux fois par semaine dans la soirée. Suzanne l'attendrait à la grille du jardin, afin de l'introduire auprès d'elle. S'il ne la trouvait pas là, c'est
qu'elle ne serait pas libre de le recevoir seule. Quant
aux lettres, on devait s'écrire fort peu, une corres-
pondance n'étant pas sans danger; et, dans le cas où
Pogoutzine écrirait, il viendrait lui-même, sous prétexte de venir voir Lagardie, déposer son billet en
un endroit du jardin que Suzanne lui désigna.

XIII

A trois jours de là, la comtesse Touazig donna
son bal. L'exiguïté relative de son hôtel ne lui per-
mettait pas d'étendre ses invitations au delà de cent
personnes. Mais elle avait choisi si habilement ses
invités, que vers minuit, tous étant arrivés, ses salons renfermaient les femmes les plus belles, les plus
élégantes entre toutes les reines de la bohème dorée
de Paris et quelques-uns des hommes les plus illustres
de l'Europe parmi ceux qui, ayant atteint aux honneurs, à la fortune, à la gloire, ne renoncent pas
cependant, malgré l'âge et le rang, à goûter les âcres
plaisirs dont la perspective a été, au moins pour
quelques-uns, le mobile de leur ambition.

A ce moment, la soirée de la comtesse Touazig
était dans tout son éclat. La danse ici, le jeu là, plus
loin la causerie. La règle imposée aux invités était
celle-ci : liberté absolue dans l'attitude et le langage.

8

Parées avec un luxe extravagant, décolletées avec
excès, écrasées sous le poids des bijoux, blondes,
brunes et rousses rivalisaient de coquetterie et de
beauté. Celle-ci laissait hardiment ses cheveux épars
couvrir ses épaules de leurs boucles épaisses, longues,
semblables à une toison d'or.

Celle-là les portait au contraire coiffés par une
main d'artiste, ramassés comme un casque au-dessus
de la tête et entremêlés de roses odorantes. L'une,
nonchalamment étendue sur un fauteuil large et bas,
découvrait à demi ses pieds de déesse, chaussés de
cothurnes rouges. L'autre, entraînée dans le tourbillon d'une valse échevelée, montrait ses souliers
découverts taillés dans une étoffe en fil d'argent, ses
bas à jour dont la couleur rose mettait en relief les
scintillements d'une peau luisante entrevue à travers
leurs mailles étroites.

A la plupart de ces femmes, la nature avait donné
des charmes puissants. Quelques-unes s'étaient effor-
cées d'ajouter à cette puissance un attrait de plus, par
l'emploi de mille artifices destinés à rendre à leur
beauté une jeunesse et une fraîcheur qu'elles ne
possédaient plus. Sous les yeux des moins belles, le
crayon noir avait tracé des lignes mystérieuses,
fatidiques, qui leur donnaient un caractère farouche
et fatal.

Aux joues flétries, l'art du coloris avait rendu,
pour un soir, l'éclat laiteux des années passées. Mais,
même fardées, presque toutes ces femmes étaient

séduisantes. Les corps formés au plaisir conservent longtemps des souplesses étranges, des mouvements de bacchantes, des attitudes de serpent. Les bras respirent l'alanguissement, tous les membres une nonchalance voluptueuse, mais aussi une énergie qui se réveille en même temps que les appétits de la courtisane.

De cette réunion de créatures faciles, souveraines et conquérantes encore, bien qu'abreuvées de déshonneur, de honte, de désillusions, se dégageait je ne sais quoi d'énervant, de corrupteur qui allait frapper, parmi ces hommes, non ceux dont le cœur et les sens étaient déjà faits à ces émotions, mais les plus jeunes, les inexpérimentés, les crédules, ceux qui, semblables à Lagardie, assistaient pour la première fois à une fête donnée, comme celle-ci, en l'honneur du démon de la luxure et du démon du jeu.

Longtemps combattu entre le désir de revoir la comtesse et la crainte de se laisser prendre à des charmes si dangereux, entre l'attrait malsain que ce monde inconnu lui offrait et les pensées austères qu'avaient éveillées dans son esprit, malgré lui-même, les conseils de Guilleragues, Lagardie s'était, au dernier moment, décidé à se rendre à l'invitation qu'il avait reçue ; mais, éprouvant le besoin de justifier sa faiblesse à ses propres yeux, il avait pris la résolution de ne faire qu'une courte apparition à ce bal. C'était compter sans les influences, les surprises, les entraînements qui l'y attendaient.

Il entra d'abord dans un petit salon qu'il reconnut, bien qu'il n'y fût venu qu'une fois. C'était là qu'il avait osé parler d'amour à la comtesse Touazig. On y jouait. Autour d'une table chargée d'or et de cartes, il vit le prince Pogoutzine, en face duquel Guyot-Bussy tenait le jeu. Sept ou huit hommes, âgés pour la plupart, assis les uns à côté du prince, les autres à côté de son adversaire, les regardaient, pariant entre eux contre l'un ou contre l'autre.

Mais, ce qui attira surtout l'attention de Lagardie, ce fut la présence de Jeanne Aubry. Debout derrière Guyot-Bussy, penchée sur son épaule, absorbée par les péripéties de la partie, elle n'avait plus rien des grâces de la femme. Tout son corps palpitait sous l'obsession d'une anxiété cupide. Ses yeux empruntaient aux pièces d'or jetées sur la table des reflets métalliques.

Lagardie, en la voyant telle, eut honte d'avoir pu ressentir pour cette chair vendue et toujours à vendre un tressaillement. Il se hâta de passer, non si vite cependant qu'il ne fût vu de Pogoutzine. Le prince le salua d'un geste et d'un sourire.

Le second salon dans lequel entra Lagardie était plus vaste que le premier. On y dansait. Il n'y avait d'autre meuble qu'un divan à la turque qui courait le long des murs, cachés sous de larges bandes de velours vert et de satin mauve. Un grand lustre descendait du plafond, répandant sur les danseurs la lumière de cinquante bougies roses. Une porte entr'ouverte conduisait à un boudoir mystérieux donnant accès dans un jardin éclairé par des lanternes vénitiennes multicolores, suspendues dans des arbres.

En pénétrant dans le grand salon, Lagardie vit la comtesse Touazig séparée de lui par des flots de dentelles et de soie. Elle lui fit un signe. Il franchit tous les obstacles, arriva jusqu'à elle. Elle prit son bras, l'entraîna dans le boudoir et lui dit :

— Pourquoi ne vous ai-je pas revu ?

— C'est que j'avais peur de vous, répondit-il franchement. Et puis, ajouta-t-il, non sans hésiter, vous m'aviez ordonné de ne pas revenir.

— Vraiment, vous l'avais-je ordonné ? fit-elle avec étonnement. Il ne faut pas ajouter foi à toutes mes paroles. Je parle beaucoup sans trop savoir ce que je dis. Ne me croyez jamais qu'à moitié, alors même que je jurerais que je vous aime. Je n'aime que le plaisir. Aussi suis-je très heureuse ce soir.

En prononçant ces paroles, elle ouvrait largement les narines, semblable à une cavale indomptée, qui, retenue dans les nœuds étroits d'un lasso, aspire le souffle ardent du désert.

Elle était simplement vêtue d'une robe blanche en mousseline. Ses cheveux étaient fixés autour de son front, par des bandelettes. On eût dit une prêtresse antique vouée au culte de Vénus. Pour compléter l'illusion, de ses yeux mobiles s'échappaient des rayons brûlants dont Lagardie ne put soutenir l'éclat. Telle qu'elle lui apparaissait, il était impossible de la voir sans être assailli de désirs. Il suffit de ce moment pour le courber de nouveau sous l'impression qu'il avait subie quelques jours avant, en lui parlant pour la première fois.

— Je sais que vous ne jouez pas, s'écria-t-elle tout à coup. Mais vous dansez. Écoutez cette valse charmante. Allons, mon cavalier, enlevez-moi.

Elle tombait dans ses bras et l'entraînait éperdu dans le grand salon, qu'il n'était pas encore revenu de sa surprise. On valsait avec acharnement ; ils se jetèrent dans le tourbillon échevelé. Lagardie sentait cette femme séduisante pressée contre lui. Son bras enlaçait une taille souple et cambrée. En dansant, la comtesse renversait un peu sa tête en arrière. Les yeux à demi clos, la bouche entr'ouverte et souriante, la poitrine saillante, elle tournoyait avec une rapidité si vertigineuse qu'il avait peine à la suivre. Leurs haleines se confondaient. Il se courbait sur ces brunes épaules, charnues, bien que mignonnes, modelées et ornées, à la naissance du bras, de fossettes qui appelaient le baiser. Ils traversaient, ainsi, pâmés à demi, des couples comme eux follement enlacés. L'odeur énervante des fleurs, l'éclat des lumières, les parfums divers dont toutes ces femmes s'étaient lavées et qui se dégageaient en légères vapeurs dans la chaleur du soir, chargeaient l'atmosphère de miasmes capiteux, que ne dissipait pas l'air qui entrait à flots par les fenêtres ouvertes.

Lagardie éprouvait une émotion telle que tout son

être physique et moral en était enveloppé. Il ne lui semblait pas qu'avant ce jour, il eût vécu, qu'il dût vivre au delà. L'orchestre caché dans le jardin jouait une valse passionnée. Les archets habiles à ménager les sensations arrachaient aux cordes des violons des cris tantôt stridents, tantôt langoureux, qui avaient leur contre-coup dans l'âme de Lagardie. Et plus il dansait, plus il se sentait entraîné, comme si l'on eût coulé dans ses jarrets du fer en fusion. Tout cela dura vingt minutes.

La musique s'arrêta au moment où il ramenait sa danseuse dans le boudoir. Elle s'échappa de ses bras, et se laissa choir sur un siège. Il fut aussitôt à ses pieds, noya sa figure dans les mains moites de la comtesse, et les couvrit de baisers en murmurant ces mots :

— Je voudrais mourir d'amour là !

— Dites donc de plaisir, s'écria-t-elle sans retirer ses mains.

— De plaisir et d'amour, si vous voulez, car l'un ne peut aller sans l'autre.

— Vous m'aimez donc sérieusement ? Et comme il ne répondait pas, elle ajouta : Ne m'aimez pas, je vous en supplie. Je suis une femme dangereuse pour vous. Vous rêvez des passions ardentes, éternelles. C'est vraiment dommage. Ne demandez pas à la vie ce qu'elle ne peut donner. Prenez-moi telle que je suis, avide de jouissances brutales et rapides, mais incapable d'amour, fantasque, capricieuse, adorant le changement. Vous me plaisez, mais vous ne me plairez qu'un moment. C'est le sort de tous ceux qui m'ont aimée. Vous pouvez être heureux une minute ; ne gâtez pas votre bonheur en voulant l'être toujours.

— Vous vous calomniez ! s'écria Lagardie éperdu. Non, vous aimerez, vous vous laisserez aimer, et j'entends par l'amour dont je parle l'union intime de deux cœurs faits l'un pour l'autre.

— Je ne comprends plus, ou plutôt je comprends trop, fit la comtesse en se levant. Je suis honnête à ma façon, et je ne veux pas vous rendre victime de votre enthousiasme. Vous êtes tous les mêmes, papillons étourdis qui vous livrez aux flammes meurtrières.

— Hélas ! murmura Lagardie, pourquoi la flamme nous attire-t-elle ?

— Contentez-vous alors de vous réchauffer à ses rayons ! si vous allez jusqu'au foyer, elle vous dévorera.

La comtesse cherchait à s'enfuir. Mais Lagardie, exalté par cette scène, ne voulait pas qu'elle partît. Toujours agenouillé devant elle, il la retenait, lui pressant les mains, s'accrochant à sa robe, sans songer que quelqu'un pouvait les surprendre ainsi, ce qui d'ailleurs n'eût scandalisé personne.

— Dites-moi que vous m'aimez ! s'écria-t-il.

Il était vraiment pitoyable et beau, dans ce déchaînement de toutes les ardeurs de son sang.

— Eh bien, oui, répondit la comtesse, je vous aime,

je vous aimerai pour une nuit, quand vous voudrez.

Et se dégageant de ses étreintes passionnées, elle s'enfuit dans la direction du salon, le laissant accroupi, immobile, interdit au milieu du boudoir. Mais, au moment où elle allait sortir, un personnage qu'elle n'avait pas vu lui barra le passage. C'était lord Podwer, l'illustre diplomate, celui-là même qui, après le dîner du prince Pogoutzine, avait versé tant de larmes aux pieds de la comtesse et qui, depuis, la poursuivait de son amour flegmatique, inaccessible au découragement.

— C'est donc une conspiration d'amoureux? dit-elle en riant aux éclats.

Et revenant sur ses pas, elle traversa le boudoir en courant et disparut par la porte du jardin.

XIV

Lord Podwer et Lagardie restèrent seuls. Celui-ci
se releva tremblant, les yeux encore égarés, la tête
perdue. L'autre s'approcha de lui, et dit avec un
accent britannique, que nous renonçons à repro-
duire :

— La poussière du tapis a laissé des empreintes
sur vos genoux, monsieur ; permettez que je les
efface.

A l'aide d'un mouchoir blanc, il se mit à essuyer
quelques plaques, semées çà et là sur le pantalon de
Lagardie.

— Oh ! milord ! je vous en supplie, fit le peintre,
en essayant de se soustraire aux bons soins du diplomate.

— Permettez que j'achève, répondit froidement ce
dernier. Voilà qui est fait. Maintenant, asseyez-vous
là, car vous avez l'air bien abattu.

D'un geste, il lui désignait un fauteuil. Lagardie obéit. Lord Podwer reprit :

— Êtes-vous capable de m'entendre ?... J'ai des choses très graves à vous communiquer !

— Je vous écoute, milord, dit Lagardie, qui commençait à se remettre.

— Vous aimez la comtesse ?

— Vous avez pu le voir.

— Eh bien, monsieur, je l'aime aussi, et comme nous ne pouvons être deux à l'aimer, il faut que vous vous retiriez, ou que vous consentiez à vous battre avec moi. Nous sommes deux ici ; c'est un de trop, ainsi que cela se dit dans un fort beau drame.

Lagardie regarda lord Podwer avec plus d'étonnement que de colère. Il se leva, et s'écria :

— Êtes-vous fou, milord ?

— Remarquez, monsieur, que je ne vous ai pas injurié ! Je vous dis qu'il faut consentir à me tuer ou à vous laisser tuer par moi !

— La comtesse ne m'aime pas ; vous l'avez bien compris ?

— Donc, vous me cédez la place !

— Je ne cède rien, milord, répondit fièrement Lagardie.

— Alors, vous vous battrez !

— Si cela est nécessaire, pour vous prouver que je ne suis pas un lâche ! Vous me trouverez à vos ordres.

— C'est bien ! je vais chercher mes témoins, trou-

vez les vôtres. Nous allons arranger cette petite
affaire sur-le-champ.

Et, sans laisser à Lagardie le temps d'ajouter un
mot, lord Podwer sortit.

Le peintre passa ses mains tremblantes sur son
front, comme pour s'assurer qu'il ne rêvait pas. Il
était d'une race où le courage ne faillit jamais.
D'ailleurs, alors qu'on lui disputait la comtesse, il
sentait grandir le sien. Mais il venait de penser tout
à coup à sa mère et à sa sœur. Il eut peur d'être tué.

— Dans quel guêpier me suis-je fourré ! murmura-
t-il. Henri avait raison. Ma place n'est pas ici, mais
il est trop tard pour reculer.

Lord Podwer rentra presque aussitôt suivi du
prince Pogoutzine et d'Hermann-Pacha, qu'il avait
arrachés au jeu, en leur confiant qu'il était engagé
dans une affaire d'honneur.

— Je me bats avec monsieur, dit le diplomate en
désignant Lagardie ; il vous mettra en relations avec
ses témoins. Je suis l'offensé. Je choisis l'épée, et le
combat durera jusqu'à ce que mort s'ensuive ! Je désire qu'il ait lieu demain matin.

Le prince Pogoutzine regarda tour à tour lord
Podwer et Lagardie, essayant de deviner la cause
d'une affaire qui prenait une tournure aussi tra-
gique. Puis, s'adressant au premier :

— Mon cher, si vous m'aviez d'abord fait connaître
qu'il s'agissait de monsieur, je vous aurais déclaré
qu'il m'était impossible de vous servir de second

contre lui. Il est mon ami. Tout ce que je peux faire pour vous, c'est de rester neutre.

— Assurément, ajouta Hermann-Pacha, lorsqu'il s'agit du fils de l'illustre général Lagardie, je ne peux qu'imiter la conduite du prince.

— C'est bien ! je choisirai d'autres témoins !... Demain, vous aurez leur visite, monsieur, reprit lord Podwer, en s'adressant à Lagardie, qui s'inclina.

L'Anglais allait se retirer, lorsque Pogoutzine l'arrêta, et lui dit :

— Je suppose, milord, que l'objet de votre querelle doit être bien grave, puisque vous voulez tuer M. Lagardie, ou vous faire tuer par lui. Consentez, je vous en prie, dans un intérêt commun, et sans vous engager, d'ailleurs, à vous rallier à mon opinion, à me faire juge des griefs que vous avez l'un contre l'autre.

— C'est inutile, répondit froidement lord Podwer.

— Mais, au contraire, c'est fort bien pensé de la part du prince, s'écria Lagardie. Je n'ai aucune envie de vous faire passer de vie à trépas, milord, je vous le jure ! Mais, enfin, si nous allons sur le terrain, il est bien certain que je ferai tous mes efforts pour paralyser vos intentions homicides. Trouvez bon que, prévoyant le cas où je deviendrais votre meurtrier, je révèle l'objet de notre rencontre, et tout mon désir de l'éviter.

Ayant ainsi parlé, Lagardie raconta ce qui venait

d'arriver. Il le fit simplement, sans embarras, ni fausse modestie, en ayant soin, toutefois, de ne pas nommer la femme aux pieds de laquelle lord Podwer l'avait surpris.

Son récit n'était pas achevé, que le prince Pogoutzine riait aux éclats. Hermann-Pacha imita bientôt cet exemple. Puis, quelques personnes étant entrées, elles connurent aussi la grande nouvelle, qui produisit sur elles la même impression de gaieté. Ce fut une suite de rires et de lazzis, que lord Podwer affronta, d'ailleurs, avec son flegme accoutumé.

Ces bruyantes rumeurs attirèrent la comtesse, qui se promenait dans le jardin, encore émue des chaudes déclarations de Lagardie.

En la voyant, Pogoutzine courut à elle, et lui fit part de l'événement.

— Mais la femme devant laquelle M. Lagardie était agenouillé, c'est moi ! s'écria-t-elle.

Elle marcha droit à lord Podwer, et, lui parlant à voix basse :

— Si vous n'allez sur-le-champ tendre la main à ce jeune homme, dit-elle rapidement, je ne vous revois de ma vie.

— Oh ! vraiment !

— Je vous le jure !

— Je vais lui faire des excuses, comtesse, mais vous consentirez à m'épouser !

— Des conditions ! à moi, milord ! ce n'est guère le moyen de toucher mon cœur !

Elle accompagna ces paroles d'un regard foudroyant. Lord Podwer courba la tête. Puis, s'avançant résolûment vers Lagardie, il lui tendit la main.

— C'est fini, monsieur, bien fini, je renonce !

Le peintre ne lui laissa pas terminer sa phrase, et répondit à ses avances de manière à prouver qu'il ne conservait plus de rancune.

— L'honneur est satisfait, s'écria Pogoutzine. Puis, prenant familièrement Lagardie sous le bras, il lui dit : — Vous aimez donc la comtesse ? Que ne l'avez-vous dit plus tôt ! je vous aurais donné un bon conseil.

Par ces simples mots, il conquit la confiance de Lagardie, qui ne lui cacha rien de ses espérances ni de ses impressions.

Depuis qu'il nourrissait, à propos de Suzanne, les desseins que l'on connaît, le prince avait toujours compris que la présence de Lagardie auprès de sa sœur serait le principal obstacle à leur exécution. Lagardie était le protecteur naturel de Suzanne. Il mettait une grande conscience à remplir son devoir. Il serait toujours entre elle et Pogoutzine, si ce dernier ne cherchait pas à détourner ses soupçons, sinon à l'éloigner complètement. Voilà ce qui avait, durant les jours précédents, préoccupé Pogoutzine. Mais, en apprenant tout à coup que Lagardie était amoureux, il pressentit la possibilité de le tenir en son pouvoir par l'intermédiaire d'une femme.

Mais il comprenait également que la comtesse

Touazig n'était pas celle qui convenait à ce rôle. Elle avait trop d'indépendance dans le caractère pour devenir jamais la complice d'une action qui aurait pour objet de tromper un homme épris d'elle. Le prince pensait donc qu'il fallait changer le cours de la passion de Lagardie, en lui rendant la comtesse odieuse, et en substituant à celle-ci une créature qui serait, dans ses propres mains, un instrument docile, un moyen d'influence sur le peintre. Jeanne Aubry semblait créée pour ce rôle.

C'est après avoir fait rapidement ces réflexions que Pogoutzine dit à Lagardie :

— La comtesse est égoïste, cruelle et froide. Elle n'a ni cœur ni sens, et vous espérerez vainement de la voir partager votre amour. Si vous l'aimiez à en mourir, votre mort serait certaine, car je ne sais pas de femme qui sache mieux qu'elle tuer à coups d'épingle l'homme qui a le malheur de l'adorer. Mais vous n'en êtes pas là, puisque toute cette grande passion ne date que de ce soir. Il est donc temps d'en arrêter l'effet, et, pour cela, il n'y a qu'un moyen : aimez ailleurs.

— C'est bientôt dit, mais c'est moins vite fait, répondit le peintre.

— Vous n'avez que l'embarras du choix, mon cher, répondit amicalement Pogoutzine, en montrant d'un geste les femmes qui les entouraient. A l'exception de la comtesse, il n'en est pas une ici qui ne soit sensible à la jeunesse et à l'amour d'un galant

homme. — Tenez, ajouta-t-il en désignant Jeanne
Aubry, dont les charmes puissants brillaient d'un
incomparable éclat, ainsi que ceux d'une déesse
parmi des mortelles, ne la trouvez-vous pas cent fois
plus belle que la comtesse ?

— Elle est plus belle, en effet, mais elle a le pire
des vices qu'une femme puisse avoir, la cupidité. Je
l'ai vue au jeu, en entrant ici ; elle m'a fait horreur !

Pogoutzine secoua la tête, en s'écriant :

— Elle n'est point cupide, elle est passionnée en
tout. Essayez de faire naître un peu d'amour dans
cette nature, en apparence si froide, et vous la verrez
s'embraser comme les plus ardentes. A votre place,
moi, j'essayerais d'animer ce marbre.

En disant ces mots, le prince quitta Lagardie.

Celui-ci resta debout dans un coin du salon, l'esprit
et le cœur préoccupés, tiraillé en tous sens, amoureux
de Jeanne, amoureux de la comtesse, incapable de
prendre un parti ; regardant, sans les voir, les danseurs qui passaient sous ses yeux. Il voulut, cependant, tâcher de rejoindre celle-ci pour lui parler
encore ; mais elle semblait prendre plaisir à le fuir
sans cesse. Il renonça bientôt à la poursuivre.

Pendant ce temps, le prince s'était approché de
Jeanne Aubry, et avait échangé avec elle les mots
suivants :

— Il faut que, dans trois jours d'ici, le petit Lagardie vous adore !

— Pourquoi cela ? grand Dieu !

— Parce que je le souhaite ainsi.

— Que retirerai-je de son adoration ?

— Ce qu'on retire des complaisances que l'on a pour moi.

— Je suis prête à obéir... Il n'est, du reste, pas trop mal, ce jeune homme !

— Jusqu'à nouvel ordre, votre conduite doit se réduire à ceci : vous faire éperdument aimer et ne rien accorder.

— Voilà qui est clair. J'ai compris... Ah ! à propos, demanda Jeanne, dois-je rompre avec Guyot-Bussy ?

— Non !... non !... c'est inutile ! répondit le prince en souriant.

Puis, redoutant d'être observé par Lagardie, il s'éloigna.

Cependant, il était trois heures du matin ; l'appartement offrait le spectacle d'un désordre orageux !... Les robes longues avaient, pour la plupart, perdu leurs dentelles, dont les lambeaux gisaient sur le tapis à côté de quelques fleurs arrachées aux chevelures dans l'entraînement de la danse. Les tables de jeu étaient presque toutes désertes ; les musiciens mouraient de fatigue ; les invités qui restaient encore succombaient à la lassitude et à la faim.

C'est à ce moment que, pareil à un enchanteur, le maître-d'hôtel apparut, ouvrit, à deux battants, la porte de la salle à manger et annonça le souper. Les femmes prirent place autour d'une table somptueuse ; les hommes s'arrangèrent de leur mieux, qui debout,

qui assis. Les roosbeefs froids, les galantines truffées,
les volailles glacées, les terrines de foie gras, les
jambons fumés, furent attaqués vigoureusement. Les
domestiques couraient autour des convives, portant
des aiguières de cristal, d'où le vin de Champagne
frappé tombait, écumeux, dans les coupes de
mousseline. Pendant quelques instants, on n'entendit rien que le bruit des fourchettes et celui des
verres. Puis, lorsque le premier appétit fut rassasié,
les domestiques disparurent ; les cigarettes s'allu-
mèrent, les conversations reprirent.

Les propos se croisaient avec plus de rapidité, à
mesure que les vapeurs du vin montaient à la tête
des convives.

— Cher ange ! je t'adore !

— A moi le champagne !

— Passez donc les chasselas !

— Monsieur, mes épaules ne sont pas des pommes
pour y mordre ainsi !

— J'ai parié cinq cents louis contre Souffle-des-
Brises.

— Et qu'importent les serments d'amour ?

— Mettras-tu un collier de perles fines dans le
marché ?

— Qui veut payer mon échéance de demain ?

— Messieurs, Coralie est comme la fille de Jephté :
elle cherche une montagne pour y pleurer sa virginité.

— Oui, mais je veux que la montagne soit en
Suisse, avec un chalet dessus !

— Monsieur, une cigarette ! c'est du tabac rapporté
d'Orient !

A ce dernier trait, tout le monde a reconnu Hermann-Pacha. Le général s'occupait de s'embarquer
pour un voyage chez Bacchus, et regrettait l'absence
de lord Podwer, compagnon ordinaire de ses excursions. Du reste, se trouvant seul, il but pour deux.

Pogoutzine, blasé sur ces sortes de fêtes, s'était
échappé, sans mot dire, pour regagner son cercle. La
comtesse Touazig veillait à ce que tous les désirs de
ses convives fussent satisfaits. Quant à Jeanne Aubry,
après avoir permis à Guyot-Bussy de suivre Pogoutzine, elle profitait du tumulte du repas pour entamer
avec Lagardie un tendre entretien auquel il ouvrait
une oreille complaisante, feignant de ne pas voir
que la comtesse l'observait avec attention ; prenant
plaisir à lui prouver que, dédaigné par elle, il serait
prompt à se consoler.

Vers six heures du matin, quelques-uns des convives avaient furtivement disparu. Ceux qui demeu-
raient encore étaient maîtres du terrain, la comtesse
Touazig s'étant aussi retirée pour aller prendre quelque repos. Les uns s'endormaient, qui sur la table,
qui dessous ; d'autres avaient repris les cartes, et se
disputaient avec acharnement un faible enjeu. Tous
les visages étaient pâles, portaient l'empreinte des
fatigues de la nuit. Les bougies, plusieurs fois renouvelées, touchaient à leur fin, et ne répandaient plus
qu'une lueur affaiblie.

Un domestique entra, et ouvrit brusquement rideaux, croisées, volets. Un jour blanc, pur, humide, vint frapper toutes ces figures hâves et décolorées. Les hommes poussèrent un cri de surprise ; quelques femmes se voilèrent les traits. Les plus jeunes, même, ne gagnaient pas à être vues ainsi, et il suffit de ce rayon de jour pour les mettre tous en fuite.

XV

Lagardie quitta cette maison la tête tournée par les coquetteries intéressées de Jeanne Aubry. Pour son malheur, il avait prêté, au langage tentateur de cette sirène, une oreille complaisante, et promis de la revoir.

Dès le lendemain, il tint parole. Quelques jours après, il était devenu le plus humble de ses esclaves, oublieux, tout à la fois, du mépris qu'elle lui avait d'abord si justement inspiré et de la violente, mais passagère passion qu'il avait antérieurement ressentie pour la comtesse.

Lorsque l'imagination est obsédée, ainsi que l'était celle de Lagardie, il est rare qu'on puise quelque plaisir dans le travail, alors qu'il serait cependant un puissant remède au mal dont on souffre. Lagardie n'était que trop disposé au désœuvrement. A dater de ce jour, il déserta son atelier. Les tableaux

commencés ne furent pas terminés ; les rêves artistiques ne se réalisèrent pas. Trois semaines s'écoulèrent ainsi.

Lagardie passait la plus grande partie de ses journées à côté de Jeanne. Pour lui plaire, elle avait
imposé silence à ses instincts cupides, transformé sa
froide nature. Elle posait, à ses yeux, en femme dé-
sintéressée, platonique, avide d'idéal, plus calomniée
que coupable, attachée encore à la vertu, et le dominait à ce point, qu'il avait perdu jusqu'au souvenir
des circonstances et des lieux dans lesquels elle lui
était apparue pour la première fois.

Absorbé de la sorte, il ne tenait aucun compte des
avertissements que le passé lui donnait. Il ne songeait plus aux conseils d'Henri de Guilleragues, qu'il
n'avait pas revu. Confiant dans l'honnêteté, dans la
prudence de sa sœur, bien éloigné de penser qu'elle
fût particulièrement l'objet des préoccupations de
Pogoutzine, n'ayant aucun motif de suspecter la
loyauté de ce dernier, il ne cherchait qu'à se rappro-
cher de Jeanne.

Elle savait l'accueillir sans lui céder, le repousser
sans le décourager. Chaque jour, il s'éprenait davantage de cette créature excitante, pour laquelle il
n'avait eu ni d'assez grands mépris, ni d'assez vives
colères, et qui le tenait à ses pieds, sans lui rien
accorder que des promesses.

Fidèle aux instructions de Pogoutzine, s'exaltant,
en apparence, mais assez froide, au fond, pour que

son cœur ne pût se prendre un seul instant, à ce rôle dangereux, Jeanne jouait, avec cette nature généreuse et sensible, tout aussi heureusement que le prince avec Suzanne. Des deux côtés, la situation était la même. Jeanne et Pogoutzine étaient devenus des complices travaillant à la même œuvre. Il y avait chez Lagardie un aveuglement si complet, chez Suzanne une ignorance si profonde, qu'ils ne devinaient pas l'étroite connexité des intérêts et des passions dirigés contre eux.

C'est au sein de cette existence indigne de lui que Lagardie oublia la comtesse Touazig. Elle ne le revit pas. Ce fut par hasard qu'elle connut la passion qui le courbait sous le joug de Jeanne. D'abord elle refusa d'ajouter foi aux détails qu'on lui donna sur ce sujet. Elle avait apprécié les sentiments nobles et délicats de Lagardie, aussi bien que la froide cupidité de la comédienne. Une liaison entre deux êtres si peu faits pour s'entendre lui semblait impossible ; et si elle se rappelait que Lagardie, éconduit par elle, avait, sous ses yeux et dans sa maison, ouvert l'oreille aux tendres propos de Jeanne, elle se disait aussi que c'étaient là les effets de son esprit et d'une ivresse passagère qu'expliquaient logiquement des émotions si nouvelles pour lui, mais qui ne pouvaient avoir de suites. Elle justifiait ainsi la faiblesse de Lagardie, appréciant à sa façon les circonstances qui l'avaient poussé dans les bras de Jeanne, mais n'admettant pas que les sentiments, nés de telles circonstances, pussent durer encore dans deux cœurs que divisaient profondément leurs intérêts et leurs goûts.

Elle résolut, cependant, d'interroger Jeanne Aubry, qui, jusqu'à ce jour, ne lui avait fait aucune confidence au sujet de Lagardie, mais qui ne saurait mentir avec celle qu'elle se plaisait à nommer sa meilleure amie.

L'intimité qui régnait entre ces deux femmes, ce vif attachement, qui confondait une comédienne et une grande dame déclassée, ont déjà semblé, peut-être, plus singuliers que réels. Cependant, les désordres de l'une, les succès artistiques de l'autre, dont nous avons négligé de parler, parce qu'ils sont étrangers à ce récit, peuvent expliquer ce phénomène qui avait donné lieu à bien des commentaires, et auquel, néanmoins, on chercherait en vain d'autres causes que celles que nous indiquons.

Cette amitié avait existé jusqu'à ce jour, se traduisant, du côté de la comtesse, par divers services rendus à Jeanne Aubry, par les preuves quotidiennes d'un intérêt sincère et profond ; du côté de celle-ci, par une adulation poussée à l'extrême, par mille efforts destinés à favoriser tous les caprices de son amie ; enfin, des deux côtés, par un échange constant des confidences les plus intimes.

Aussi, à peine la comtesse eut-elle prononcé le nom de Lagardie, que Jeanne, oubliant ou ignorant les divers incidents survenus entre son adorateur et son amie, se hâta de révéler la vérité.

— Je le reçois tous les jours, dit-elle ; il me fait la cour !

— Il te fait la cour !... Il t'aime donc ?

— A se tuer pour moi !...

— Et toi, l'aimes-tu ?

— L'homme que je dois aimer n'est pas encore né ! répondit Jeanne en riant.

— Quel intérêt as-tu à le recevoir, à l'écouter ? demanda la comtesse. Est-il riche ?

— C'est un peintre, tu le sais bien ? Les gens de son espèce ne connaissent guère l'opulence. D'ailleurs, celui-là fait vivre sa mère, sa sœur, toute une famille ; que sais-je !

— Et tu ne l'as pas encore renvoyé ?... Avoue que tu l'aimes !

— Ce serait un mensonge ! je ne l'aime pas. Même, à te dire vrai, il n'en est encore qu'aux espérances.

— Quel est ce mystère ?

— Le mystère est bien simple : Pogoutzine m'a dit : « Il faut que ce jeune homme vous adore !... » Il m'adore, voilà tout. C'est uniquement pour être agréable au prince que j'ai accepté cette corvée, qu'il doit payer généreusement. Mais le rôle est lourd, je le déclare. Ce jeune homme est épris éperdument. Il passe une partie de ses nuits chez moi, à mes pieds, amoureux, suppliant, mais constamment et impitoyablement refusé... par ordre supérieur. Je ne suis pas tendre. Cependant j'ai souvent été tentée d'en finir, d'avoir pitié de lui, de le renvoyer après. Mais les instructions que j'ai reçues ne me permettent pas d'être généreuse.

— Quels projets a donc formés le prince? s'écria la comtesse.

Elle pressentait vaguement que les machinations dont Jeanne consentait à être l'instrument devaient cacher de coupables desseins.

— Je l'ignore, répondit celle-ci, et m'en soucie fort peu.

Cette confidence laissa la comtesse dans une anxiété profonde. Elle en conçut un vif chagrin. Elle tremblait qu'il n'arrivât à Lagardie quelque malheur. Elle ne pouvait le voir livré à une femme telle que Jeanne sans être saisie d'horreur, d'horreur et de jalousie!... Oui, elle était jalouse!

A la suite des derniers événements que nous avons racontés, une révolution violente s'était opérée dans son cœur, et l'avait brutalement jetée dans toutes les ardeurs d'une grande passion. Elle aimait Lagardie, non d'un amour cynique et passager, le seul qu'elle eût ressenti jusque-là, mais d'une tendresse durable, chaste, idéalisée, qui rafraîchissait son âme comme une rosée bienfaisante, qui la transformait et faisait d'elle une femme nouvelle, honteuse de n'être plus digne de celui qu'elle adorait, autant qu'étonnée d'avoir pu vivre jusque-là sans aimer ainsi.

Qui donc aurait pu l'entendre sans rire, si elle avait révélé son secret à quelqu'un de ceux qui l'entouraient? Elle, la folle, la sceptique reine des prêtresses du vice ! Elle, la créature éhontée, qui avait fait de son corps une litière à des amants avides de plaisir ! était-il donc vrai qu'elle se fût laissé surprendre, vaincre, par un honnête amour ; qu'elle aimât avec toutes les timidités d'une chaste vierge de vingt ans ?... Rien de plus vrai.

Ce n'était pas un vain caprice qui lui dictait les chauds accents qui montaient à ses lèvres, durant les longues nuits où le sommeil fuyait loin d'elle.

Ce n'était pas un vain caprice qui lui mettait soudainement dans l'âme un désir immense de se chercher une retraite, et d'y vivre solitaire, loin de tous ceux avec lesquels elle s'était traînée dans la boue !

Ce n'était pas un vain caprice qui lui inspirait, en même temps qu'une horreur profonde pour tout son passé, le ferme dessein de le racheter par des bonnes œuvres, par le dévouement, par les souffrances mêmes que lui causeraient les dédains de l'homme pour qui elle était prête à mourir.

Non ! c'était l'amour, fleur mystérieuse, venue, miracle vivant, sur les ruines de son honneur, dans l'abîme au fond duquel l'inconduite l'avait poussée ; fleur éclose, un matin, comme ces pâles immortelles qui poussent sur les tombeaux, en puisant leur vie dans la mort !

Comment ce prodige s'était-il opéré dans son âme ? Autant demander à Dieu la révélation de ses impénétrables desseins. Tout arrive, et ceux-là seuls le nient, qui ne croient pas à la divine volonté qui gouverne le monde. Elle n'avait pu voir, par deux fois, Lagardie à ses pieds sans être touchée de cette ardeur naïve d'un cœur qui ne sait tout ce qu'il vaut ; il ressemblait si peu aux hommes qu'elle avait connus jusque-là !... Après l'avoir repoussé, elle s'était mise à le chérir saintement, et s'estimait heureuse de n'avoir pas cédé à ses désirs ; d'être demeurée pure, même en le désespérant, de ne s'être pas donnée à lui vulgairement, comme une courtisane !

Tel était l'état de son cœur, lorsqu'elle reçut la confidence de Jeanne. Tout d'abord, sous le poids de l'indignation qui gonflait sa poitrine, elle fut sur le point d'écrire à Lagardie, de l'avertir, de le mettre en garde contre cette conspiration ténébreuse, qu'elle devinait, sans en voir les fils. Mais elle eut peur d'être accusée de mensonge. Quelle raison Lagardie aurait-il pour prendre ses avertissements en considération ? Ne l'avait-elle pas éloigné ? Qu'était-elle à ses yeux, sinon une coquette sans cœur ? Elle ne pouvait lui inspirer que du mépris. Les artifices de Jeanne n'auraient-ils pas raison des conseils qu'elle-même donnerait ? Elle n'osa parler, et résolut d'attendre et de veiller.

Mais, à dater de ce moment, frappée ainsi que d'un éclat de la foudre, ne vivant plus que de cet amour sans espoir, se condamnant à en souffrir plutôt que de l'avouer avant d'avoir conquis l'estime de celui qui l'inspirait, elle se sentit devenir meilleure. Elle garda son secret pour elle seule, rechercha l'isole-

ment, vécut de la contemplation des horizons nouveaux ouverts devant elle ; dévorée d'une soif ardente
d'idéal, de respect, d'amour véritable, et, en même
temps, du désir de se régénérer, par quelque noble
action, aux yeux de Lagardie.

Ce fut une transformation complète qui lui donna
la force de résister aux tentations dont elle était
assaillie. Sans doute, elle aurait pu séduire Lagardie. Un geste eût suffi ; un geste, accompagné
d'un regard... Elle l'aimait ! Quelles douceurs n'eût-
elle pas goûtées dans ses bras ! Il ne tenait qu'à elle
de boire à cette coupe, car Lagardie n'était pas
insensible, et sa passion pour Jeanne n'eût pas tenu
une heure devant les séductions de la comtesse.

Mais il ne s'agissait plus, maintenant, d'avoir recours aux artifices coupables qui livrent les âmes les
plus pures aux courtisanes les plus perverties. Il
fallait redevenir digne d'estime, inspirer, non des
désirs honteux et viciés, mais les sentiments sacrés,
qui sont également à la gloire de ceux qui les ins-
pirent et de ceux qui les partagent.

C'est ainsi que la comtesse Touazig se retira peu
à peu du monde, rompit avec sa vie de désordres,
livrée tout entière à son amour et à des espérances
qu'elle n'osait s'avouer. Cette existence nouvelle lui
apporta de grandes joies. Mais elle souffrit aussi des
maux cruels ; elle versa d'amères larmes. Elle fut
courageuse, néanmoins. Sa douleur même la rendit
fière.

Elle ne fit rien pour y mettre un terme ; ne chercha pas à rencontrer Lagardie, dans la crainte de n'être pas assez forte devant lui pour contenir son cœur, et d'accroître le mépris qu'elle devinait. Elle souffrit en silence, attendant du hasard et du temps une occasion qui les rapprocherait.

XVI

Vers ce temps, la santé de Mme Lagardie qui, depuis longtemps, était pour ses enfants un sujet de
préoccupation, s'altéra avec une inquiétante rapidité.
Ses membres s'affaissèrent sous le poids d'une faiblesse générale. Ses facultés intellectuelles décrurent.
Elle se plaignit de douleurs violentes dans la tête,
dans la poitrine, et fut bientôt obligée de s'aliter. Un
médecin mandé sur-le-champ attribua son état à un
épuisement prématuré. Il ordonna un repos absolu,
des soins minutieux, un régime sévère, mais ne put
promettre le rétablissement de la malade. Elle était
à un âge où tout dérangement dans l'organisme
acquiert de la gravité. Ici, la gravité était d'autant
plus redoutable que le cerveau était surexcité.

Cette maladie, qui s'annonçait de la sorte, sans
qu'il fût permis d'en attendre autre chose que les
conséquences les plus douloureuses, devint pour Su-

zanne et pour Robert une cause de chagrin. Leur existence s'assombrit. L'économie en fut dérangée.

Transformée subitement en garde-malade, ce fut surtout dans l'amour qu'elle nourrissait pour Pogoutzine que Suzanne trouva des consolations.

Tous les soirs, vers neuf heures, il arrivait mystérieusement dans la maison de la rue Notre-Dame-des-Champs. A ce moment, Mme Lagardie dormait, Robert était sorti pour se rendre auprès de Jeanne. Suzanne épiait l'arrivée du prince, lui ouvrait la grille du jardin, et leurs entretiens se prolongeaient fort tard, tantôt sous les arbres, tantôt dans l'atelier de Lagardie.

Comment Suzanne n'aurait-elle pas aimé Pogoutzine ? Elle croyait en lui comme en Dieu. Les promesses qu'il lui avait faites, les serments qu'il avait prodigués, toutes ces apparences d'un amour sincère et pur, étaient pour elle comme autant de choses sacrées. Que Pogoutzine pût lui mentir, elle n'y pensait même pas. Elle se livrait absolument, complètement à la réalité enchanteresse des heures qu'ils passaient ensemble. Alors, dans leur cœur, ou tout au moins dans le sien, tout était flamme, passion, mystère. Pogoutzine savourait, en libertin, les délices de ces instants pendant lesquels Suzanne ne manifestait d'autre désir que celui de prouver à l'homme aimé, auquel elle donnait si chastement sa vie, l'étendue de son amour.

Elle était envahie des pieds à la tête par la chaleur

croissante de ce sentiment désordonné. Pogoutzine
en était arrivé peu à peu aux propos les plus pas-
sionnés, aux exigences d'abord timides puis impé-
rieuses de l'amant qui réclame ses droits et qui ne
consent à en retarder l'exercice que pour s'assurer
une victoire plus complète ; combats dangereux où
l'amour s'exalte ; où la générosité du plus fort est un
charme et le trouble de la plus faible, un attrait ; où
la résistance même a des périls dont le moindre est
la faiblesse qu'elle laisse après elle ; où par cela seul
qu'il y a de la lutte, la défaite de l'innocence est certaine.

Comment, en dépit de la fièvre brûlante, allumée
dans son être entier par la présence de Pogoutzine,
Suzanne ne succomba-t-elle pas ? C'est que le prince,
en même temps qu'il réclamait des droits, souhaitait
qu'elle sacrifiât de son plein gré sa pudeur, son innocence. Raffiné jusqu'en ses caprices les plus grossiers,
il s'était juré de mener cette aventure avec patience,
de n'en tirer profit qu'au moment où Suzanne tomberait dans ses bras. Plus son attente était longue,
plus son plaisir devait être grand. Il savait maintenant, par des preuves certaines, que Suzanne était à
lui. Il jouissait sans remords du spectacle de cette
vertu réduite aux abois, à l'impuissance, par la
flamme dévorante qu'il avait pris soin de faire naître
en elle, et qu'il attisait tous les jours.

Et cependant, tandis que l'amour de Suzanne était
tout pour elle, tandis qu'elle prodiguait les trésors de

sa jeunesse, de sa beauté, de son honneur, ce n'était rien pour lui, même en dépit des soins qu'il y donnait.

Dans sa vie agitée, il y eut une idylle passagère, dont les détails piquants avaient le don d'exciter son cerveau blasé, mais qui, de son propre aveu, était destinée à finir comme une aventure vulgaire. C'est ainsi qu'il jugeait sa liaison avec Suzanne.

Il y pensait le soir, lorsque l'heure des rendez-vous approchait. Mais, durant le jour, il se livrait à ses occupations, ou plutôt à ses distractions accoutumées. On le rencontrait au bois ; le matin à cheval, à six heures du soir en voiture autour du lac, dans la nuit à son cercle. Il était toujours le héros des exhibitions quotidiennes, des parties ruineuses, des histoires extravagantes qui défrayent les entretiens d'une société frivole et viciée jusqu'à la moelle.

C'est grâce aux entraînements quotidiens de cette existence brûlante que la réputation de Suzanne ne fut pas perdue. Pogoutzine n'eut pas le temps de faire allusion à l'objet charmant qui l'attirait tous les soirs dans le quartier le moins central et le plus désert de Paris, ou tout au moins il n'en trouva pas l'occasion. Il fut discret presque sans le savoir. Il ne communiqua ses espérances à personne, pas même à Hermann-Pacha, son confident ordinaire. Jeanne Aubry, bien que directement mêlée à cette intrigue, n'en connut que vaguement les détails, et si la comtesse Touazig découvrit le secret du prince, elle le dut à une circonstance toute fortuite.

On était alors au cœur de l'été. Durant le jour, à cause de la chaleur, la comtesse ne sortait pas ou sortait peu. Seulement, le soir, après son dîner, elle montait en voiture et se faisait conduire au bois de Boulogne. Le plus souvent, elle faisait cette promenade accompagnée de plusieurs de ses adorateurs. Mais, depuis peu de temps, elle recherchait la solitude.

Un soir, vers dix heures, sa voiture croisa, sur l'avenue des Champs-Élysées, l'équipage du prince Pogoutzine, qui montait lentement vers l'Arc-de-Triomphe. Dans la calèche découverte, il y avait trois personnes. Elle en reconnut deux : Pogoutzine et Lagardie. La troisième était une jeune fille qui lui parut élégante et belle, mais qu'elle voyait pour la première fois. C'était Mlle Lagardie.

On pressent déjà ce qui s'était passé. Vers neuf heures, Pogoutzine, croyant trouver Suzanne seule, comme de coutume, s'était rendu rue Notre-Dame-des-Champs ; mais y ayant rencontré Lagardie, cherchant à justifier sa visite à cette heure tardive, il avait offert au frère et à la sœur une promenade au bois.

À raison de l'état de santé de sa mère, Suzanne refusa d'abord ; mais le prince insista. Lagardie, qui voyait une occasion de la distraire, la pressa aussi, et elle dut céder à leurs instances.

La comtesse interrogea le prince le lendemain, et connut ces détails de sa bouche. Bien qu'il voulût se

montrer discret, ne pas divulguer son bonheur avant
de l'avoir goûté, elle entrevit, grâce à quelques allusions rapides, le but qu'il poursuivait. Elle comprit
alors quels motifs l'avaient décidé à pousser Robert
Lagardie dans les bras de Jeanne Aubry. Ces calculs
infâmes l'indignèrent. Par amour pour le peintre,
elle jura d'épier les menées de Pogoutzine et de déjouer ses projets.

XVII

Les progrès constants des sociétés sont loin d'avoir fait disparaître les injustices, les inconséquences qu'ont créées les hommes. Elles se pressent encore sous nos yeux, et ce récit est une preuve de leur existence. Les lois, en effet, restent muettes, impuissantes contre des hommes tels que Pogoutzine. Elles frappent sévèrement le malheureux dont les appétits toujours inassouvis et constamment surexcités par le spectacle d'une civilisation excessive, provocante, déchaînée, n'ont pas su résister à la tentation du vol; tandis que l'homme opulent qui possède tout à souhait peut, sans redouter un châtiment légal, voler l'honneur d'une jeune fille.

Il suffit que par l'âge elle ait cessé d'être enfant, pour que l'impunité soit assurée au séducteur. Il est libre de feindre les sentiments les plus sacrés, d'appeler à son aide pour la perdre toutes les ressources d'une trop savante expérience, d'exploiter l'innocence, la naïveté, la tendresse dont sont pleins les jeunes cœurs. Pourvu que les ruses qu'il emploie pour atteindre un but matériel ne sortent pas du domaine moral, il peut être infâme sans péril. Il n'a pas même à redouter d'encourir le mépris public qui tombera tout entier, sans pitié ni trêve, sur sa victime.

Telle est la règle à laquelle obéit la société la plus raffinée du monde. Faut-il s'étonner dès lors des aventures qui courent les rues ? Et si un écrivain consciencieux, frappé de l'une d'elles, la saisit au passage, en recherche les causes, en raconte les péripéties, en fait ressortir l'horreur, l'imprime vivante comme une flétrissure destinée à ceux qui se reconnaîtront dans son récit, doit-on l'accuser d'immoralité, d'invraisemblance ? Est-ce bien lui qui mérite le reproche ? N'est-ce pas plutôt son temps ?

Nous prions nos lecteurs de ne pas trouver superflues ces rapides réflexions, mais de les prendre comme la justification anticipée des pages qu'ils n'ont pas encore lues. Il était nécessaire de placer ici cet avertissement. Ce qui doit être encore raconté sera parfois odieux. Qu'on n'en accuse que les coupables.

Ceci dit, reprenons notre récit.

On était en juillet. Durant tout le jour, une chaleur lourde, accablante, avait pesé sur Paris. Avec la nuit, une brise fraîche vint dissiper les courants électriques dont l'atmosphère était chargée.

Vers huit heures et demie, Suzanne, assise au chevet du lit de sa mère, faisait à celle-ci, suivant sa coutume, une lecture pour l'endormir. Jusqu'à ce moment, la croisée de la chambre était demeurée ouverte, afin de laisser arriver un peu d'air pur jusqu'aux poumons oppressés de la malade. Lorsque le sommeil eut clos les paupières de Mme Lagardie, Suzanne cessa de lire, déposa un baiser sur le front de sa mère, ferma la croisée et sortit après avoir allumé une veilleuse. Au même moment, l'une des deux femmes qui suffisaient au service de la maison vint s'installer dans une chambre voisine où elle passait toutes les nuits à proximité de Mme Lagardie, afin de veiller sur elle et de prévenir au besoin Suzanne, qui couchait à l'autre extrémité de l'appartement.

Rassurée de ce côté, Suzanne descendit au jardin. Sa mère endormie, les domestiques couchés ou sortis, elle était seule dans la maison. Robert lui-même était parti dans l'après-midi, après avoir annoncé à sa sœur qu'il allait passer vingt-quatre heures à la campagne. Depuis le commencement de la maladie de leur mère, c'était la première fois qu'il faisait une absence aussi longue.

Ainsi délaissée par ceux qu'elle aimait, se considérant déjà comme orpheline, car la tendresse de sa mère semblait tous les jours se tarir de plus en plus sous les coups de la maladie, alarmée par les préoccupations de son frère, qu'elle devinait, sans en comprendre l'objet, Suzanne était triste; et ce qui ajoutait à sa tristesse, ce soir-là, c'est que depuis deux jours, elle n'avait pas vu Pogoutzine.

Autour d'elle, tout était silencieux. Une nuit sans lune, dont l'obscurité profonde donnait un éclat plus vif aux étoiles, ajoutait à son isolement. Elle n'entendait d'autre bruit que celui de la brise dans les arbres et la chanson d'un rossignol, enchanteur accoutumé de ces lieux.

Tout à coup, des pas résonnèrent dans la rue, dont elle n'était guère séparée que par la grille en bois peint qui fermait le jardin de ce côté. Elle prêta l'oreille. On marchait vite, puis on s'arrêta. Une voix connue prononça son nom.

— Vous, Ivan ! s'écria-t-elle.

— Me voilà, répondit Pogoutzine.

Elle ouvrit en tremblant. Le prince entra. Joyeuse, émue, elle se laissa aller dans ses bras. Il la pressa contre sa poitrine. Puis, la soulevant doucement, il la ramena vers le banc ombragé, lieu ordinaire de leurs entretiens.

— Je n'osais vous attendre, murmura-t-elle lorsqu'ils furent assis. Deux jours sans vous voir !

— Je n'ai pu venir, répondit-il en alléguant le premier prétexte qui se présenta à sa pensée. Mais je m'étais promis de vous embrasser ce soir. J'avais hâte de me trouver auprès de vous.

— Dites-vous vrai ? demanda-t-elle. M'aimez-vous ?

— Enfant ! Êtes-vous donc incrédule ou défiante à ce point qu'il soit nécessaire que je vous répète sans cesse que je vous adore ?

Il avait son bras autour de la taille de Suzanne. Elle était pressée contre lui, la tête inclinée sur son épaule, charmante dans cet abandon de tout son être, qui témoignait de la grandeur de son amour.

— Ma vie est si triste, reprit-elle, je suis si seule que je n'ose plus espérer un bonheur quel qu'il soit. Ivan, je vous aime, et cependant je ne suis pas heureuse.

Il sourit en l'étreignant plus vivement et lui dit :

— Vous serez heureuse, Suzanne, le jour où vous croirez en moi.

— Je crois en vous, s'écria-t-elle.

Puis elle apprit à Pogoutzine que son frère était parti, qu'il serait absent jusqu'au lendemain. Il ne l'ignorait pas, car c'était par son ordre que Jeanne Aubry avait entraîné Lagardie loin de Paris. Mais il feignit un étonnement qui ne permit pas à Suzanne d'entrevoir la vérité.

— Vous êtes triste, en proie à un sombre malaise, dit-il tout à coup. Je le vois et je le sens. Il faut vous distraire. Ma voiture est à deux pas. La nuit est douce et tranquille. Venez, nous ferons ensemble une promenade de deux heures.

— Y pensez-vous ? Mais je serais perdue, si l'on apprenait que je suis sortie seule, le soir, avec vous.

— Comment l'apprendrait-on ? Votre frère n'est pas à Paris, votre mère dort, vos gens ne se préoccupent guère de vous. Donc, ici, personne ne saura que vous m'avez suivi. Vous rentrerez sans que votre

absence ait été remarquée. Craignez-vous d'être re-
connue dans ma voiture ? La nuit est obscure. Nous
gagnerons le bois, par les chemins les moins fré-
quentés. Vous ne courrez donc aucun danger. Venez,
Suzanne, à moins que votre confiance en moi ne
soit ébranlée.

— Elle est entière, répondit Suzanne. Si j'ai peur de
vous suivre, c'est que jamais je n'ai quitté ma mère.

— N'êtes-vous pas loin d'elle en ce moment ? Ne
serez-vous pas avec moi ? Ne m'appelez-vous pas
votre époux dans l'avenir ; dans le présent, votre
meilleur ami ? Voyez, ne semble-t-il pas que la nuit
se soit parée en vue de nos amours ? Quelle félicité
de nous trouver libres, seuls, tout entiers l'un à
l'autre, de marcher sous les arbres, dans les allées
désertes, sans redouter d'être épiés ! Vous ne pouvez
me refuser la suprême joie que je vous demande,
j'attends de vous que vous me l'accordiez.

C'en était trop. De tels accents portaient le trouble
dans la tête et dans le cœur de Suzanne. Elle fut
vaincue.

— Ah ! que faites-vous de moi ? s'écria-t-elle. Je
n'ai plus la force de résister à vos folies.

Elle le laissa seul et revint bientôt coiffée d'un
chapeau sombre, enveloppée dans un vaste manteau
gris, d'étoffe légère. Il lui offrit son bras. Ils sortirent
ainsi, à pas lents, retenant leur haleine comme des
malfaiteurs. Puis, lorsqu'ils eurent gagné la rue,
Pogoutzine entraîna triomphalement la jeune fille

vers sa voiture, qui stationnait à quelques pas de là,
dans une rue voisine.

Peu d'instants après, ils suivaient doucement le
boulevard des Invalides, dans la direction des
Champs-Élysées, bercés mollement sur les ressorts
de la calèche. Ils gagnèrent le bois de Boulogne, se
firent descendre non loin de la porte Maillot et mar-
chèrent longtemps dans les allées désertes. Deux
heures passèrent comme un rêve. Que de tendres
propos échangés ! que de promesses arrachées par
Suzanne à son amant ! combien grande fut sa faiblesse et plus grande encore sa crédulité ! Jamais il
n'avait prononcé d'aussi pathétiques, d'aussi chauds
accents ; jamais elle ne l'avait écouté d'une oreille
plus complaisante ! Lorsqu'ils remontèrent en voiture, elle était à jamais désarmée, mûre en quelque
sorte pour la chute.

Ils revinrent lentement vers les Champs-Élysées,
croisant quelques voitures, ignorés, inconnus, libres,
la main dans la main, appuyés l'un contre l'autre,
Pogoutzine goûtant déjà les joies de son facile
triomphe, Suzanne séduite, magnétisée.

Au rond-point des Champs-Élysées, Pogoutzine dit
au cocher quelques mots en langue russe. Les chevaux
tournèrent aussitôt à droite et s'engagèrent dans
l'avenue Montaigne.

— Où allons-nous ? demanda Suzanne.

— Nous passons devant ma maison, répondit
Pogoutzine. J'ai un ordre à donner.

La voiture s'arrêta, en effet, devant l'hôtel du prince.

— Je ne suis ici que pour quelques minutes, dit-il, Entrez-vous avec moi ?

— Non ! non ! s'écria-t-elle déjà craintive. Je vous attends ici. Pressez-vous. J'ai hâte de retourner auprès de ma mère.

— Qui dirait que vous m'aimez ? Ne vous croirait-on pas plutôt lassée de ma présence ?

— Lassée de votre présence ! non, Ivan. Je voudrais ne jamais plus vous quitter. Mais je crains que ma mère ne découvre mon absence.

— Elle dort tranquille et vous avez tort de vous alarmer ainsi. Me refuseriez-vous, si je vous demandais comme une grâce, comme une preuve d'amour, de venir durant quelques instants vous reposer sous mon toit ?

— Ne savez-vous pas que c'est impossible ? murmura-t-elle, bien qu'elle se sentit dévorée du désir de céder aux vœux de Pogoutzine.

— Décidément, vous n'avez pas confiance en moi !

Il mit dans ces paroles un tel accent qu'elles résonnèrent comme un reproche à l'oreille de Suzanne. Elle se sentit si faible en ce moment, elle eut, d'une manière si nette, le sentiment du péril qui la menaçait, qu'elle répondit à voix basse :

— J'ai peur !

Ce cri de l'innocence aux abois, il l'entendit. Il comprit qu'il fallait payer d'audace.

— Puisqu'il ne vous convient pas de vous arrêter ici, répondit-il, puisque vous redoutez l'hospitalité que je vous offre pour quelques instants, en un mot, puisque vous avez peur, je vais vous ramener.

Il avait parlé avec froideur ; mais il parut à Suzanne que sa voix tremblait. Son cœur s'émut, son amour éclata.

— Que faut-il faire pour vous rendre heureux, dites ? J'obéirai. Je me livre à vous, à votre honneur, avec confiance.

Il reprit d'une voix douce et tendre :

— Venez donc visiter votre futur domaine, ma chère princesse. Vous y serez en sûreté, tout aussi bien que chez vous.

Elle ne résistait plus. Il donna un ordre à ses gens. La voiture roula avec fracas dans la cour de son hôtel.

Comme ils venaient d'y pénétrer, un coupé qui, depuis quelques instants, les suivait à distance, s'arrêta devant la grille. Une femme sauta lestement à terre, courut après eux. Mais c'était trop tard. La grille venait de rouler sur ses gonds, Suzanne et le prince de disparaître. En vain, l'inconnue appela les gens de l'hôtel, se nomma, déclara qu'elle avait à entretenir Pogoutzine d'affaires pressées. On refusa de l'introduire, presque de l'entendre.

Au bout d'un quart d'heure, elle dut renoncer à la possibilité de retirer Suzanne des mains criminelles auxquelles la malheureuse fille venait de se livrer.

XVIII

A la même heure, Robert Lagardie était auprès de Jeanne Aubry. Sur l'ordre du prince, celle-ci l'avait emmené dans un petit chalet qu'elle possédait sur les bords de la Marne, au delà de Joinville-le-Pont, à quelques kilomètres de Paris, en lui promettant de récompenser, par le don d'elle-même, six semaines de constante adoration.

Ce n'était pas qu'elle fût enfin touchée de l'amour ardent de Lagardie. Non. Mais Pogoutzine lui avait dit :

— Il faut retenir ce jeune homme pendant toute une nuit, loin de sa maison.

Pour le mieux retenir, elle avait résolu de lui verser l'oubli, en le rendant heureux.

Au rez-de-chaussée du chalet de Jeanne, il y avait un vaste salon, décoré d'objets chinois, meublé de divans bas et larges, qui couraient le long des murs,

étalant complaisamment leurs claires étoffes char-
gées de ramages. Une natte à deux couleurs couvrait
le sol. Une grande lanterne, rapportée de Pékin,
descendait du plafond. Placées à chacune des extrémités du salon, deux volières gigantesques, contenant une nombreuse collection d'oiseaux rares, se
faisaient face. Trois portes vitrées conduisaient au
jardin par une terrasse couverte que soutenaient des
colonnettes en bois sculpté, d'une architecture délicieuse, autour desquelles grimpaient capricieusement
des plantes exotiques.

C'est là que Jeanne et Lagardie se trouvaient à une
heure avancée de la nuit, elle assise, au fond du
salon, lui toujours agenouillé, lui suppliant, elle ré-
sistant encore, n'ayant d'autre but que de ne pas le
laisser partir avant le matin, afin d'obéir aux instructions de Pogoutzine. Elle redoutait de voir se
dissiper l'ivresse, grâce à laquelle elle le dominait ;
d'être impuissante à le retenir, lorsqu'elle n'aurait
plus rien à lui accorder. C'est pour cela qu'elle résistait encore.

Durant toute cette soirée, pendant les longues
heures qui venaient de s'écouler, elle l'avait excité,
peu à peu, par les caresses et les propos les plus
tendres. Sans se donner, elle s'était montrée si passionnément amoureuse, que Lagardie se croyait
aimé ; que, dans les résistances qu'il rencontrait, il
voyait, non un calcul, mais les derniers efforts d'une
femme qui se défend pour mieux prouver tout le prix

du sacrifice qu'elle va faire, et pour que son amant ne puisse juger sa vertu par la facilité de sa défaite.

Comédienne consommée, elle était de glace, jusqu'en ses transports les plus exaltés, tandis que Lagardie gisait à ses pieds, vaincu, brisé par cette longue lutte ; accablé par l'excès de ses propres désirs, murmurant encore, d'une voix éteinte, des prières, des supplications, qu'elle ne voulait exaucer que lorsque les premiers rayons du jour blanchiraient le ciel.

— Je le vois bien, s'écriait Lagardie, vous ne m'aimez pas !

— Je vous aime ! répondait-elle, je veux être à vous tout entière. Mais ne comprenez-vous pas qu'ici tout me parle d'un passé qui m'est odieux ! Il en est d'autres que je croyais aimer. A ce que j'éprouve aujourd'hui, je vois mon erreur. Et cependant, ils étaient à mes pieds, comme vous y êtes ; ils me parlaient ainsi que vous. Je me suis cruellement trompée ! Je le sens aujourd'hui, et chacune de vos prières ravive mes remords et ma honte !

— Oublions le passé, ne songeons qu'au présent !...

— Eh bien ! n'êtes-vous pas heureux ! Voyez, je suis là, près de vous ! nul ne trouble notre entretien. Vous savez que je vous aime, puisque c'est moi qui vous ai conduit ici ; puisque j'ai voulu connaître la douceur de la solitude, partagée avec vous. Jouissez de ce bonheur ! Pour l'instant, n'exigez rien de plus.

— Je n'exige rien, je supplie... Mais, si vous m'ai-

mez, qu'est-ce qui vous retient encore ? Des souvenirs
odieux, dites-vous ? mes baisers les effaceront. Aban-
donnez-vous, Jeanne ! laissez-moi poser ma tête sur
votre cœur ! ouvrez-moi vos bras ! Qu'une extase
divine prolonge, autour de nos corps, la chaîne qui,
pour jamais, unit nos âmes !...

Et il devenait plus pressant.

— Par pitié ! murmurait-elle.

Il retombait découragé, pour recommencer bientôt
à supplier, et à entendre Jeanne lui résister encore,
en faisant appel à son amour autant qu'à sa pitié.

Nuit de flamme ! heures fiévreuses ! comment les
décrire ?

Les traits altérés, les cheveux épars, les vêtements
en désordre, Lagardie avait perdu tout souvenir du
passé. Des désirs fous brûlaient son cœur et sa chair.
Il était absorbé par une pensée unique, ardente, faite
d'espoir et de crainte, de colère et de tendresse. Il
exigeait, il suppliait tour à tour. Ses efforts se bri-
saient contre l'implacable froideur de cette créature,
assez habile pour faire naître de tels transports, mais
incapable de les partager.

Un moment vint enfin, où, lassé par cette veille si
longue, si tourmentée, Lagardie sentit des larmes de
honte et de dépit monter à ses yeux. Il eut alors
comme un vague sentiment de la comédie dont il
était le jouet : avoir, en pure perte, dépensé tant
d'éloquence et de passion pour obtenir des faveurs
qu'on accordait si facilement à d'autres ! n'y avait-il

pas là de quoi faire tomber le bandeau qui lui cachait
la vérité ? Un regard de Jeanne le remit au pouvoir
de sa propre faiblesse, au moment même où il allait
la secouer.

— Ah ! cruelle ! murmura-t-il.

Sa tête, pâlie, se pencha sur les genoux de Jeanne,
et y demeura appuyée. Les mains de la courtisane,
chaudes encore de ses baisers, se posèrent sur son
front brûlant.

Il s'assoupit, tandis qu'elle osait faire entendre à
son oreille des paroles d'espérance et d'amour.

Étrangement belle dans les dentelles blanches qui
la couvraient, assise nonchalamment sur le divan,
elle regardait Lagardie, sans être touchée par le
spectacle douloureux de ses désirs inassouvis. Parfois, elle portait ses yeux sur la pendule, dont les
aiguilles marchaient lentement vers l'heure qu'elle
avait fixée pour mettre fin à sa résistance calculée.

Au dehors, la nuit était profonde et calme, une
splendide nuit d'été. On entendait, semblable à un
murmure lointain, le bruit des flots de la Marne. Les
arbres étaient immobiles, les oiseaux endormis. Un
rayon de lune entrait dans le salon, et l'éclairait de
sa mystérieuse lueur, — tranquillité profonde, spectacle charmant, qui semblaient le cadre d'un amour
heureux et paisible.

Tout à coup, le timbre argentin de la pendule se
fit entendre. Il était une heure. A ce bruit, Lagardie
releva la tête. Il se sentait maintenant plus calme ;

il regarda Jeanne avec des yeux appesantis et suppliants encore. Elle l'embrassa, en lui disant :

— Ta constance veut être payée ? elle le sera. Rassure-toi!... Allons, debout!... Assez de plaintes!... Viens parcourir encore une fois les allées du jardin ; l'air de la nuit rafraîchira ton front.

Elle cherchait ainsi à gagner du temps. Il obéit. Ils sortirent, lui chancelant, faible, elle appuyée à son bras, traînant languissamment, dans les allées sablées, les longs plis de sa robe blanche.

Ils avaient à peine fait quelques pas, qu'ils entendirent le bruit d'une voiture sur la route. Par un même mouvement, ils restèrent immobiles, sans parler, écoutant les fers du cheval frapper le sol de coups secs et précipités, qui indiquaient une course rapide. La voiture, en effet, s'avançait en toute vitesse. Ils l'entendirent ainsi venir, et la virent s'arrêter devant la grille qui séparait le jardin de la route. Une femme en descendit.

Jeanne ne la reconnut pas sur-le-champ. Sans ouvrir la grille, elle l'interrogea :

— Qui demandez-vous?

— Est-ce toi, Jeanne ? répondit une voix bien connue.

— La comtesse Touazig ! murmura Lagardie...

— Silence !... il ne faut pas qu'elle vous voie ici ! Abritez-vous derrière ce massif.

Lagardie obéit, tandis que Jeanne allait ouvrir.

— Bonsoir, ma chérie !... Quelle surprise !... Pour-

quoi cette visite nocturne ? dit-elle à la comtesse en
feignant un contentement qu'elle était loin d'é-
prouver.

— Combien je suis heureuse de te rencontrer, fit
celle-ci dès qu'elle fut entrée. Ma visite te surprend ?
En voici l'objet. J'ai une nouvelle pressée à donner
à une personne qui doit être chez toi en ce moment.

— Il n'y a personne chez moi que mes gens, et, à
moins que ce ne soit à l'un d'eux...

La comtesse interrompit Jeanne ; souriant finement :

— Tu n'as donc plus confiance en moi ?... M. Lagardie n'est-il pas ici ?

— M. Lagardie ? je ne l'ai pas vu depuis huit jours !

Ce fut dit avec tant d'assurance que la comtesse,
bien qu'elle eût arraché à la femme de chambre de
Jeanne le secret du départ précipité de celle-ci, n'osa
pousser plus loin ses affirmations.

— J'ai passé chez toi ce soir, répondit-elle. On m'a
dit que tu étais à la campagne. J'ai pensé que M. Lagardie y serait avec toi !...

— Pourquoi donc le pensais-tu ?

— Ne t'aime-t-il pas ?

Jeanne garda le silence. Elle redoutait un entretien qui aurait pour auditeur forcé celui qui en était
l'objet.

— Allons, je n'ai plus qu'à repartir, reprit la comtesse comme à regret.

— Quoi ! tu ne passeras pas la nuit ici ? s'écria
Jeanne, qui ne put retenir un geste de joie.

Ce geste, surpris par la comtesse, la rendit soupçonneuse.

— Non ! non ! il faut que je trouve M. Lagardie. J'ai de graves nouvelles à lui apprendre.

— Qu'est-ce donc ? demanda Jeanne à voix basse.

En même temps, elle se rapprochait de la comtesse, comme pour l'inviter à baisser elle-même la voix.

— Il s'agit de sa sœur !

— Tais-toi ! fit sourdement Jeanne en étreignant le bras de son amie.

— Lagardie est ici ; il nous écoute, pensa celle-ci, saisie d'un accès d'indignation, en touchant, en quelque sorte du doigt, la complicité de Jeanne dans les odieuses machinations de Pogoutzine.

Aussitôt elle ajouta, sur un ton plus élevé :

— Le prince Pogoutzine a tendu un piège à M⁽ˡˡᵉ⁾ Lagardie. Elle passe la nuit chez lui. Ne le savais-tu pas ? N'est-ce pas pour favoriser cette infamie que tu as obligé le frère de cette jeune fille à te suivre ici ?

Deux cris lui répondirent : un cri de colère, poussé par Jeanne ; un cri de douleur, poussé par Lagardie. En même temps, ce dernier s'élança hors du massif derrière lequel il était caché. Il accourut vers la comtesse, et lui dit d'une voix farouche :

— Vous avez menti, n'est-ce pas ?

— J'ai dit la vérité !

Il se retourna vers Jeanne Aubry :

— Mais, alors, vous étiez la complice de ce misérable ?

Il prononça ces mots avec un accent tel, en les accompagnant d'un geste si terrible, que Jeanne eut peur.

— Écoutez-moi, dit-elle en tremblant.

C'était donc vrai?... Elle ne repoussait pas cette accusation de complicité ; elle acceptait sa part dans l'infamie du prince ! Pour hâter la chute de la sœur, elle avait feint d'aimer le frère. Ainsi se réalisaient les prévisions d'Henri de Guilleragues. Lagardie se les rappela ; d'un seul regard il embrassa tous les résultats de sa faiblesse et de son aveuglement : sa sœur déshonorée, son propre cœur meurtri, son amour foulé aux pieds par une créature sans âme. Des larmes montèrent à ses yeux. Il éclata en gémissements, livré au désespoir le plus amer. Cet accès dura plusieurs minutes. La comtesse Touazig en attendit silencieusement la fin, partageant les émotions de celui qu'elle aimait. Enfin, elle s'approcha de lui, le toucha légèrement du doigt, et dit :

— Venez, nous pouvons peut-être encore sauver votre sœur !

Ces mots arrachèrent Lagardie à sa douleur. Il se redressa vivement. Sans dire un mot, il se dirigea vers la voiture qui attendait de l'autre côté de la grille. La comtesse le suivit.

Jeanne avait considéré cette scène d'un œil sec, insensible au spectacle de la douleur de Lagardie, livrée d'abord à l'effroi, puis au vif ressentiment qui venait de naître dans son cœur contre la comtesse.

Mais, en voyant qu'elle entraînait le jeune homme, en pensant que leur arrivée subite chez Pogoutzine allait peut-être déjouer les projets de celui-ci, et lui faire perdre à elle-même le gain qu'elle attendait de leur réussite, elle voulut tenter un effort. Elle avisa Lagardie, et, se plaçant devant lui :

— Tout à l'heure, vous me disiez que vous m'aimiez !

Il l'écarta brutalement, sans lui répondre. Puis, au moment où il franchissait le seuil de sa maison, il se tourna vers elle et lui dit :

— Je vous engage à ne jamais vous trouver sur mon chemin.

Ce fut tout. Il ouvrit la portière du coupé et fit un signe à la comtesse. Mais Jeanne retint celle-ci.

— Je n'oublierai jamais, dit-elle à son oreille, que vous êtes venue ici arracher mon amant à mes bras, en me faisant odieuse à ses yeux.

La comtesse leva les épaules.

— Je ne comprends pas ta colère, ma pauvre Jeanne. Tu m'as dit qu'il n'était pas ton amant ; tu m'as dit que tu ne l'aimais pas. De quoi te plains-tu ?

— Le prince m'avait promis cinq mille francs.

— Eh ! je te les donnerai, moi, petite sotte.

Sans rien ajouter, la comtesse monta dans sa voiture ; Lagardie y prit place à côté d'elle. Le cheval, qui venait de reprendre haleine pendant dix minutes, repartit au grand trot.

Le voyage fut triste. Lagardie, livré aux réflexions

les plus douloureuses, partagé entre une crainte horrible et des espérances auxquelles il n'osait se rattacher, gardait le silence. La comtesse comprenait ce
chagrin muet et le respectait. Elle n'ouvrit la bouche
que pour faire à son compagnon le rapide récit des
circonstances qui lui avaient permis de deviner les
projets de Pogoutzine et de les surprendre au milieu
de leur réalisation. Elle raconta comment, la veille
au soir, se promenant au bois, elle avait rencontré et
suivi la voiture du prince.

Lagardie n'eut pas la pensée de lui demander à
quel mobile elle obéissait en se dévouant ainsi. Il ne
la remercia même pas. Elle ne songea point à s'en
irriter. Se sentir auprès de celui qu'elle aimait, se
dévouer à sa cause, lui prouver ainsi sa tendresse,
n'était-ce pas une joie infinie ?

Pendant ce temps, la voiture allait rapidement sur
la route, entre les arbres dont les cimes se perdaient
dans la nuit profonde. Bientôt elle roula sur le pavé.
On entrait dans les faubourgs de Paris. Le jour commençait à naître, lorsque la comtesse et Lagardie
arrivèrent devant la maison de Pogoutzine. Il était
environ quatre heures du matin. Tout dormait dans
l'hôtel.

Lagardie s'élança hors de la voiture. La comtesse
n'avait pas encore eu le temps de le suivre, que, déjà
suspendu au bouton de la sonnette, il signalait sa
présence par un bruit qui réveilla le concierge.

— Calmez-vous, je vous en supplie, lui dit la com-

tesse, en le rejoignant. Songez que s'il faut arracher
votre sœur aux dangers qui la menacent, il faut aussi
éviter un éclat qui la compromettrait.

Mais il n'entendait rien. Surexcité par les émotions
successives de la nuit, poursuivi par un épouvantable
doute, alors qu'au moment de rejoindre Suzanne il
ignorait encore s'il n'allait pas la trouver déshonorée,
il éprouvait un trouble dont la violence le rendait
sourd à ce sage conseil.

Ils attendirent environ cinq minutes. Enfin, la
porte s'ouvrit. Le concierge, à peine vêtu, irrité
d'avoir été brusquement réveillé, se présenta, le
visage courroucé, l'injure aux lèvres. Mais il se ra-
doucit, en reconnaissant dans les visiteurs mystérieux des amis de son maître.

— Le prince Pogoutzine est-il chez lui? demanda
Lagardie.

— Il ne reçoit pas à cette heure; il dort encore.

Sans perdre son temps à parlementer, Lagardie,
dont les forces étaient en ce moment décuplées, re-
poussa l'obstacle qui lui barrait le passage et s'élança
vers l'escalier.

Le concierge ouvrait la bouche pour crier; mais
quelques pièces d'or tombèrent dans sa main. La
comtesse n'avait pas trouvé de meilleur moyen pour
apaiser ce gardien corruptible. Elle suivit Lagardie.

XIX

Il était minuit lorsque Suzanne avait pénétré dans
l'appartement du prince Pogoutzine, troublée, en
proie à de vifs remords, confiante cependant et se
croyant en sûreté dans cette maison qui devait être
un jour légitimement sienne. Le prince se montra
d'abord plein de courtoisie. Il promena la jeune fille
dans son appartement, s'arrêtant avec elle devant
tous les objets d'art qui formaient sa riche collection, lui en décrivant les beautés, lui en expliquant
le mérite, les lui faisant admirer ; puis il la conduisit
devant un coffre qui renfermait des diamants : il en
possédait d'admirables. Il les étala devant elle,
choisit les plus beaux, exigea qu'elle s'en parât. Il
entoura lui-même le cou de Suzanne d'un collier de
perles fines et d'émeraudes. Aux oreilles de la jeune
fille, il attacha des brillants éblouissants ; sur ses
poignets mignons, il fixa des bracelets dont les pierres

resplendissaient. En vain, elle se défendait, timide, rougissante, embarrassée. Il obtenait d'elle qu'elle le laissât faire. Lorsqu'elle fut ainsi parée, il la plaça devant une glace.

— Admirez votre beauté, ma chère princesse.

Elle eut honte, détourna les yeux. Ils s'arrêtèrent sur la pendule qui marquait une heure.

— Partons, dit-elle.

— Dans quelques instants, on va nous servir à souper.

Et sans laisser à Suzanne le temps de refuser, il frappa sur un timbre ; un domestique apparut, écouta respectueusement l'ordre qui lui fut donné en langue russe. Quelques instants après, le souper était servi dans un petit salon qui précédait la chambre à coucher du prince. A l'aspect de ce guéridon chargé de viandes froides, de vins, de fruits glacés, Suzanne poussa un cri de surprise.

— Vous m'attendiez donc ? demanda-t-elle.

Cette question troubla le prince.

— Nullement, répondit-il avec embarras, mais il y a toujours ici un repas semblable à ma disposition.

Suzanne feignit d'accepter l'explication. Mais ses farouches susceptibilités de jeune fille venaient d'être éveillées par cette circonstance qui révélait une réception préparée, là où elle avait vu une réception imprévue. En même temps, elle se rappela qu'au moment où elle était entrée, tous les lustres de l'hôtel étaient allumés, les gens en grande livrée ;

c'en était assez pour lui faire comprendre que sa
présence dans cette maison était le résultat d'un
plan prémédité.

Au sein de ces splendeurs raffinées, Pogoutzine lui
apparut avec une physionomie nouvelle. Ce n'était
plus l'homme simple et doux qu'elle avait vu toujours à ses pieds, mais un libertin au regard curieux,
insolent, à la parole légère pleine d'allusions qui la
troublaient. Elle avait entrevu des portraits de
femmes, des nudités cachées sous des rideaux trans-
parents, des albums entr'ouverts, pleins de gravures
érotiques dont l'aspect avait fait monter le rouge à
ses joues.

Elle douta de la sincérité de son amant. Ses chastes
instincts s'alarmaient. Elle eut peur.

On était au milieu du repas, lorsque ces réflexions
se présentèrent nettement à son imagination. Elle
resta comme affaissée sous leur poids, n'osant toucher aux mets placés devant elle.

— Vous ne mangez pas, vous ne buvez pas, lui dit
le prince avec un accent de reproche.

Elle mouilla ses lèvres dans un verre d'eau frappée.
Puis, se levant :

— Je veux partir, dit-elle.

En même temps, elle détachait les joyaux dont le
prince l'avait couverte.

— Ne garderez-vous pas ces bagatelles pour l'a-
mour de moi ? demanda ce dernier, en évitant de lui
répondre directement.

— Ces bagatelles sont de celles qu'une personne honnête et pauvre ne saurait porter. Partons, je vous en supplie.

Le prince se leva :

— Je vais donner l'ordre d'atteler.

— Je croyais que votre voiture nous attendait.

— Il était inutile d'y laisser les chevaux. pendant que vous étiez ici.

Cette réponse accrut les soupçons de Suzanne. La préméditation lui apparaissait plus clairement encore.

— Vous m'aviez dit que vous n'aviez qu'un ordre à donner, fit-elle vivement.

Le prince ne cherchait qu'à gagner du temps.

— Tenez, avouez-le, fit-il, vous vous défiez de moi.

— Eh bien ! oui, s'écria-t-elle, on n'est pas maîtresse de ses impressions. Je ne sais ce que j'éprouve, mais il me semble que vous ne m'aimez plus, que vous m'entraînez dans un abîme. Pourquoi suis-je ici ? pourquoi m'y avoir conduite comme par hasard, alors que vous aviez tout préparé pour m'y recevoir ?

D'un sourire, le prince essaya de la rassurer. Puis il dit :

— Alors qu'il serait vrai que je vous aie attirée dans ma maison à l'aide d'un prétexte destiné à vous tromper sur mes desseins, où serait le mal ? Si j'ai voulu fixer sur ces murs, sur ces meubles, sur tous ces compagnons muets de ma triste vie le souvenir charmant qui est dans mon cœur, si, pour une heure, j'ai voulu, par anticipation d'un bonheur après lequel j'aspire ardemment, illuminer ce froid intérieur qui n'a jamais vu un clair sourire, en quoi suis-je coupable ? Est-ce de trop d'amour ?

Il accompagna ces paroles d'un regard tel que Suzanne fut persuadée.

— Je vous crois, murmura-t-elle d'une voix éteinte qui témoignait de l'état de son âme. Mais, prouvez-moi votre amour mieux encore. N'essayez pas de me retenir. Ramenez-moi dans la maison que je n'aurais jamais dû quitter, auprès de ma mère. C'est là que je dois vous attendre pour rester digne de vous.

— Oui, nous allons partir, répondit le prince.

En même temps, donnant par ses actes un démenti formel à la résolution qu'il venait de manifester, il se rapprocha de Suzanne, l'obligea à se rasseoir, s'agenouilla devant elle, courba la tête sur les genoux de la jeune fille et fondit en larmes. A ces sanglots qui semblaient le résultat de son émotion, il mêla les propos les plus tendres.

Suzanne n'osait plus parler de départ. Devant ce débordement d'une tendresse que la sienne égalait, ses forces l'abandonnaient. Elle était à la fois humiliée et heureuse, elle se reprochait la faiblesse qui la clouait là, et prêtait à ce langage passionné une oreille extasiée.

Comment aurait-elle suspecté la sincérité du prince ? Comment aurait-elle pu deviner que ce qu'il voulait d'elle, c'était le plaisir passager du caprice et non les joies sacrées d'un amour éternel? Connaissait-elle le passé de cet homme? Avait-elle la science des passions et l'expérience des maux qu'elles engendrent? Non.

Pour la protéger contre des périls si pressants, elle ne possédait que ses chastes instincts et les enseignements déjà lointains de sa mère. Les uns, en dépit de sa sainte ignorance, lui disaient qu'il est des limites qu'en dehors du mariage on ne dépasse pas sans tomber dans la fange. Elle savait, par les autres, que la pureté du corps et de l'âme est le trésor le plus précieux de la femme, trésor dont l'époux seul peut jouir, sans le dissiper.

Depuis longtemps, trois heures avaient sonné sans qu'elle eût entendu cet avertissement. L'innocence est ainsi: un geste l'alarme; un mot la rassure. Elle passe du doute à la confiance, de la crainte à l'espoir, et c'est ce qui rend sa défaite facile, lorsqu'elle est attaquée par un homme audacieux et fourbe.

Tout à coup Pogoutzine releva la tête. Regardant Suzanne en face, comme pour la magnétiser, il lui dit:

— Vous vous irritez d'être ici malgré vous; serai-je donc chassé de votre cœur, si je vous révèle tout le mien, si je vous fais connaître les espérances que j'avais conçues alors que vous franchissiez le seuil de ma maison? J'espérais que vous consentiriez à couronner ma persévérance, en vous unissant à moi par d'indissolubles liens.

Elle ne comprit pas ces paroles. Elle s'y trompa.

— Être unie à vous, ne savez-vous pas que je n'ai caressé jamais un plus doux rêve ? Oui, j'ai souvent rêvé, ajouta-t-elle en fermant les yeux comme pour se recueillir, que nous entrions ensemble dans une église, au son de l'orgue, dans les parfums de l'encens et des fleurs, qu'un prêtre nous unissait et pour toujours me livrait à vous.

Elle ne vit pas le sourire de Pogoutzine. Elle n'aurait pu le voir sans prendre cet homme en horreur. Pour lui, jamais il n'avait pensé que la naïveté pût exister à un tel degré dans le cœur d'une femme. Il reprit d'une voix plus suppliante :

— Un jour, un prêtre bénira ces liens, mais ce n'est pas lui qui peut les rendre éternels, c'est vous seule.

Et sans hésiter à déchirer le voile qui cachait à Suzanne les mystères de l'amour, il osa lui dire ce qu'il attendait d'elle.

Dès ses premières paroles, un flot de sang monta aux joues de la jeune fille. Elle se leva.

Par un mouvement instinctif de pudeur, elle jeta sur toute sa personne un rapide regard, comme pour s'assurer que ses vêtements mettaient un rempart entre son corps et les yeux de Pogoutzine. Puis, elle dit :

— L'amour vous égare. Osez donc jurer que si je vous écoutais, que si j'étais assez faible pour céder à vos prières, demain je ne serais pas pour vous un objet de mépris !

Il y avait tant de fermeté dans ce langage ; l'interrogation était si nette, si précise, qu'il hésita. Cette

hésitation sauva Suzanne. En vain il voulut en atté-
nuer l'effet par des protestations. Elle avait pris à la
hâte son manteau, son chapeau, et se dirigeait vers
la porte. Il se releva, courut après elle.

— Vous ne pouvez partir ainsi, s'écria-t-il, dépité,
honteux.

En même temps, il la prit par la taille. Tout le sang
de Suzanne se glaça dans ses veines. La fermeté dont
elle venait de faire preuve n'avait été qu'un effort
passager, dont la continuité était au delà de ses
forces. Elle se sentit défaillir. Ses yeux se fermèrent,
son corps souple se ploya sur le bras du prince,
comme la tige d'une fleur. Sa tête pâle se pencha.

— Au nom de votre mère, respectez-moi, fit-elle
d'une voix brisée.

— Il s'agit d'amour et non de respect, répondit
brutalement Pogoutzine.

Et ses moustaches épaisses effleurèrent les lèvres
de Suzanne. C'était la première fois qu'il l'embras-
sait ainsi, et cette caresse avait, aux yeux de la
pauvre fille désabusée, une signification horrible.
Elle se roidit, fit appel à son courage, et, se redres-
sant, parvint à échapper au prince. Il la poursuivit,
ayant perdu son sang-froid, oublié ses résolutions,
aveuglé par la violence d'un désir si longtemps contenu, étreint par sa passion inassouvie qui le rendait
aussi redoutable que les cosaques farouches qu'il
comptait parmi ses aïeux.

Elle s'adossa contre la muraille, non loin de la

porte, et marcha de côté, lui disputant le terrain
pied à pied, essayant de se soustraire à ses désirs.

— Par pitié !

— Cédez. Je l'exige !

— C'est infâme !

— Je vous aime.

— Moi, je vous hais.

— Qu'importe ! vous m'aimerez encore !

Alors, épouvantée par ce visage hideux, elle poussa
un cri terrible qui résonna sous les lambris des salons
déserts. Un cri répondit à celui de Suzanne. C'était
une voix d'homme. Pogoutzine recula stupéfait,
laissant libre sa victime.

Elle en profita pour se précipiter vers la porte et
s'enfuit affolée. Mais elle n'avait pas fait dix pas,
cherchant une issue dans le dédale de ces apparte-
ments, que deux personnes se présentèrent à ses
yeux : Lagardie et la comtesse. La terreur à laquelle
elle était en proie se fondit dans un mouvement de
joie immense. Elle s'arrêta, ouvrit les bras ; mais
aussitôt elle aperçut sur le visage de son frère une
expression de douleur telle qu'elle devina sur-le-
champ l'épouvantable anxiété par laquelle celui-ci
venait de passer et qui l'obsédait encore.

— Je suis innocente, s'écria-t-elle, je suis digne de
toi, de ma mère et de toi.

Un rayon de joie éclaira les yeux de Lagardie,
mais ce rayon ne fit qu'y passer, car Pogoutzine
venait d'entrer. Le peintre s'avança menaçant, la

main levée. Sa sœur se précipita pour l'arrêter.

— Mon frère, mon frère, pardonne-lui. L'amour l'a égaré. Tout à l'heure encore, il me promettait de m'épouser.

A ces mots, la comtesse fit un geste d'horreur et, s'avançant à son tour :

— Vous épouser ! pauvre enfant ! mais il est marié.

— L'infâme ! s'écria Lagardie en s'élançant sur le prince.

Mais celui-ci venait de disparaître, et la porte du salon dans lequel il était entré se ferma brusquement devant Lagardie. Il se retourna frémissant de colère. Sa sœur gisait immobile sur le tapis. A la révélation de la comtesse, elle était tombée à la renverse.

— Morte ! fit-il éperdu.

— Non, répondit la comtesse, évanouie seulement et sauvée ; c'est ce fatal amour qui est mort, car en proclamant la vérité, je l'ai tué.

A ces mots, le cœur du peintre, oppressé depuis tant d'heures, se détendit.

— Ah ! madame, murmura-t-il, vous avez été notre bon ange. Grâce à vous, ma sœur est sauvée ! Je vous bénis.

La comtesse, penchée sur Suzanne, rougit de plaisir et se sentit inondée de béatitude.

— Et moi je suis payée, se dit-elle, en regardant avec amour Lagardie qui prenait entre ses bras Suzanne inanimée, afin de l'emporter loin de cette horrible maison.

XX

Lorsque Suzanne revint à elle, elle était dans sa chambre, étendue sur son lit. Au dehors, il faisait déjà grand jour ; mais la lumière n'arrivait à la jeune fille qu'à travers d'épais rideaux qui en modéraient l'éclat. Lagardie veillait à ses côtés. Avec l'aide de la comtesse Touazig, il avait pu, sans être vu des domestiques, ramener sa sœur dans sa maison. Puis, la comtesse s'étant retirée, pour aller prendre un repos dont le besoin se faisait impérieusement sentir après une nuit aussi agitée, le frère et la sœur étaient restés seuls.

En rouvrant les yeux, Suzanne chercha autour d'elle, comme si elle eût déjà perdu le souvenir des événements qui venaient de se passer ; mais, à l'aspect de Lagardie, elle se rappela tout.

Son premier cri fut celui-ci :

— Notre mère !

— Rassure-toi, répondit Lagardie, elle ne sait rien. Je viens d'entrer dans sa chambre. Elle dort paisiblement. Il sera facile de lui cacher ce qui s'est passé.

Suzanne respira plus librement. Puis, l'étendue de son malheur lui apparaissant mieux, elle couvrit son visage de ses mains tremblantes, et, la voix brisée par les larmes, lui dit :

— Mon frère ! mon frère, me pardonneras-tu ?

Il lui prit les mains qu'il serra tendrement.

— Te pardonner ! répondit-il. Tu as été imprudente, mais qui ne l'eût été à ta place ? D'ailleurs, c'est là toute ta faute. Le vrai coupable, le voici, ajouta Lagardie en se désignant. J'aurais dû veiller sur toi, ne pas t'abandonner un seul instant, te mettre en garde contre les pièges qu'on te tendait, chère aimée, te tenir lieu de mère, puisque la nôtre ne pouvait plus te protéger de ses conseils.

— Ses conseils ! murmura Suzanne. Hélas ! ce sont eux qui m'ont perdue.

A ces mots, Lagardie tressaillit. Suzanne disait vrai. Loin d'être gardée par sa mère, elle avait été poussée vers l'abîme, auquel elle échappait si miraculeusement, par la tendresse mal entendue de celle-ci, tendresse dont son frère s'était, à la légère, fait le complice. Il comprenait quelle part de reproches lui incombait dans le cri poussé par Suzanne.

— Pauvre mère ! répondit-il. En faisant briller à tes yeux les félicités que donne la fortune, elle croyait assurer ton bonheur. Puis, pour notre malheur, cet homme s'est présenté ici. Il nous a tous trompés. Ma mère et moi avons cru à sa probité, comme tu as cru à son amour. Guilleragues seul avait raison. Pourquoi ne l'ai-je pas écouté ?

En parlant ainsi, Lagardie sentit un remords nouveau mordre son cœur. N'avait-il pas caché à sa sœur qu'elle était aimée d'Henri ?

Instruite de cet amour, n'y aurait-elle pas répondu, avant de se promettre à Pogoutzine ? Ainsi, de quelque côté qu'il tournât les yeux, Lagardie ne voyait partout que les preuves de son imprudence. Et alors il éprouvait une haine violente pour l'homme qui avait tenté de porter le déshonneur dans sa maison, spéculé sur les sentiments les plus délicats, les plus tendres, et mis dans ses intérêts, pour atteindre un odieux résultat, cette Jeanne Aubry, la sirène aux yeux perfides, que Lagardie détestait maintenant autant qu'il l'avait aimée.

Car il y avait entre le frère et la sœur cette différence : c'est que tandis que celle-ci, tombée de toute la hauteur d'un amour exalté, chaste et fécond en espérances, était incapable, toute livrée à sa douleur, d'éprouver ni colère ni désir de vengeance, Lagardie, foulant aux pieds sa passion et les souvenirs qu'elle lui rappelait, aspirait à punir avec éclat ceux qui l'avaient joué.

Au premier rang, parmi ceux-là, se présentait Pogoutzine. La comtesse n'avait pas menti. Il était marié. Ce n'était même un secret pour personne dans le monde où il vivait. On savait que sa femme habitait la Russie : frappée de folie à la suite des mauvais traitements que son mari lui avait fait subir, disaient les ennemis de ce dernier, elle vivait ainsi dans une terre éloignée de toute grande ville, parmi des serviteurs dévoués, oubliée des hommes et surtout de celui qui n'aurait dû l'oublier jamais, ne goûtant, dans les courts instants de lucidité que lui laissait son mal, d'autre bonheur que celui de sa solitude.

Pogoutzine n'avait eu aucune peine à cacher la vérité à Suzanne, à la maintenir dans une ignorance absolue à cet égard. Elle n'était pas du monde où se savent et se disent ces sortes de choses, et la fatalité avait voulu que jamais, ni devant elle ni devant son frère, il n'eût été fait aucune allusion à la princesse.

La misérable fraude de Pogoutzine avait été sur ce point complète. Elle apparaissait dans ses paroles aussi bien que dans ses actes.

Il avait spéculé sur la bonne foi d'une jeune fille timide, ignorante, crédule. C'est là ce que Lagardie ne lui pardonnait pas et ce qu'il fut encore moins disposé à lui pardonner lorsque Suzanne, avec force réticences et dans un langage mêlé de larmes, lui eût fait connaître l'histoire de ses tristes amours.

— Mais, alors, tu l'aimais ! s'écria Lagardie.

Suzanne baissa les yeux sans répondre.

— Toi aussi, pauvre petite, malade d'amour ! reprit son frère en la serrant entre ses bras.

Puis il ajouta :

— Du moins auras-tu du courage, sauras-tu effacer de ton cœur le souvenir de cet homme ?

— Oui, je l'en effacerai, répondit Suzanne en souriant tristement à travers ses larmes. Il est des épreuves cruelles après lesquelles on aime mieux ceux qui les ont causées. Mais il en est d'autres d'où le cœur qui les a traversées revient désillusionné, sinon guéri. J'ai subi l'une de celles-là et, puisque l'honneur me reste, j'en guérirai.

Après avoir ainsi parlé, plus encore dans le but de rassurer son frère qu'inspirée par la vérité, car elle était incapable d'y voir clair au-dedans d'elle-même, Suzanne, brisée par les émotions violentes de cette longue nuit, s'endormit d'un sommeil profond. Lagardie se retira doucement et gagna sa chambre. Mais il ne put goûter un semblable repos. Il sentait qu'il ne se consolerait pas aussi aisément que sa sœur.

Il était obsédé d'un âcre désir de vengeance dont il voulait faire sentir tout le poids à ceux dont il avait à se plaindre. Et puis, quelle que fût sa colère, elle n'avait pas complètement éteint l'amour qui l'enchaînait la veille encore aux pieds de Jeanne Aubry. Les causes de sa souffrance étaient donc multiples. Sa sœur trompée par Pogoutzine, son propre cœur meurtri par Jeanne, son ami Henri de Guilleragues à jamais peut-être éloigné de lui, voilà ce que lui coûtait sa courte liaison avec le prince ; et

lorsqu'il se retournait pour chercher quelque conso-
lation, les seuls êtres qu'il trouvât à ses côtés étaient
sa mère et sa sœur, l'une malade, l'autre aussi
cruellement éprouvée que lui, incapables l'une et
l'autre de lui prodiguer les soins dont il aurait eu
besoin.

Ce fut dans le cours de ses douloureuses réflexions
que le souvenir de la comtesse Touazig se présenta
tout à coup à sa pensée, et que, se rappelant toutes
les circonstances de cette nuit fatale, il vit avec
netteté le rôle qu'elle avait joué. Sans s'expliquer les
causes de la conduite de cette femme, il était obligé
de s'avouer qu'il lui devait d'avoir pu sauver sa sœur.

— Je l'avais donc mal jugée, se dit-il.

Il alla chez la comtesse le même jour. Elle le reçut
avec une joie qu'elle n'essaya pas de cacher, sans
que rien pût trahir cependant son ardent amour.

— Je viens vous remercier, lui dit-il, car, si les
tristes aventures que nous venons de traverser se
sont terminées sans catastrophe, c'est à vous que je
le dois.

— Ne me remerciez pas, répondit-elle, rouge de
plaisir et d'orgueil. J'avais compris que vous me
méprisiez. Il me suffit de vous avoir obligé à me
rendre votre respect pour m'estimer heureuse.

— Mais est-ce là l'unique sentiment auquel vous
avez obéi ? demanda-t-il.

A cette question, elle fut sur le point de lui dire la
vérité. Il eût été si doux, en ce moment, de lui avouer

l'amour qui la consumait, de recueillir le fruit de
son dévouement et de voir Lagardie à ses pieds ! Elle
se retint cependant, dans la crainte de lui laisser
supposer que sa courageuse conduite n'avait été
qu'un calcul de femme amoureuse.

— Je n'ai eu qu'un but, lui dit-elle, vous prouver
mon amitié, vous prouver surtout que je vaux mieux
que ma réputation. Et puis, croyez-vous qu'il ne soit
pas doux de pouvoir se dire qu'on a bien fait, qu'on
a commis une belle action ? Cette justice que je peux
me rendre et le témoignage de votre gratitude me
suffisent. Je suis payée, je n'attendais pas d'autre
reconnaissance.

Elle était si touchante, en parlant ainsi, toute son
attitude révélait tant de noblesse et de chasteté, elle
ressemblait en ce moment si peu à la créature
étourdie et folle qu'elle avait été jusque-là, que
Lagardie, pénétré de respect, lui prit la main et y
posa ses lèvres.

Ce baiser respectueux la troubla profondément.
Lagardie la vit pâlir et rougir tour à tour, sous le
poids d'une émotion dont il était bien loin de deviner
la cause. Il se sentit lui-même ému plus qu'il n'aurait
voulu. Il se rappela qu'il s'était traîné aux pieds de
cette femme, qu'elle l'avait longtemps repoussé et
qu'en un moment de folle ivresse, elle lui avait promis quelques heures de plaisir.

Mais il n'eut même pas la pensée de lui rappeler
cette promesse. Quelque faible qu'il fût en sa pré-

sence, il se sentait si rempli de respect, en même temps si heureux de la retrouver digne de lui, puisqu'elle avait racheté son passé par une bonne action, qu'il n'osait plus la traiter ainsi qu'il l'eût fait autrefois. Elle était maintenant à ses yeux une honnête femme ; s'il recommençait à l'aimer, c'était d'une tendresse idéale, dégagée de tous les désirs grossiers qui font de l'amour une honte pour qui l'éprouve tel.

— Reviendrez-vous me voir ? lui demanda-t-elle timidement au moment où il se levait pour partir.

— Aussi souvent et aussi longtemps qu'il vous conviendra de me recevoir.

— Revenez alors, et n'oubliez pas que vous avez ici une amie.

Elle lui tendit la main. Il l'embrassa de nouveau et se retira, sans lui avoir fait part des projets de vengeance qui s'agitaient confusément dans son esprit.

— L'aimerais-je encore ? se demanda-t-il, en se retrouvant seul.

Le même jour, sa sœur qui, pour détourner les soupçons que sa mère aurait pu concevoir, vaquait, en dépit de son état de souffrance, à ses occupations accoutumées, lui dit :

— Hier, quand tu es entré dans la maison du prince, une femme était à tes côtés.

— C'est elle qui t'a sauvée, répondit Lagardie.

— Mais, alors, je veux la voir, la remercier.

— Tu ne peux la voir.

— Pour quelle cause ?

Cette cause était de celles que Lagardie ne pouvait révéler à sa sœur. Il eut recours à un mensonge.

— Elle est partie, dit-il.

— Ne saurai-je pas son nom ?

— Tu dois l'ignorer toujours.

Suzanne comprit.

— Pauvre femme ! ajouta-t-elle. Je prierai pour elle, car je vais prier maintenant. La prière seule peut me guérir.

— La prière et l'amour, pensa Lagardie au souvenir duquel se présenta le nom d'Henri de Guilleragues. Si Henri aimait toujours Suzanne, elle pourrait encore être heureuse.

Cette espérance ramena quelque calme dans le cœur de Lagardie. Pour la première fois, depuis le matin, il se sentit disposé à l'indulgence et à l'oubli envers ceux qui lui avaient fait tant de mal.

XXI

Au lendemain des événements que nous venons de raconter, le frère et la sœur recommencèrent leur vie d'autrefois. Lagardie avait souvent entendu dire que le travail et l'art sont, pour les douleurs humaines, de suprêmes consolateurs. Il put juger par lui-même de la vérité de ces paroles. Son atelier le revit, comme autrefois, laborieux, inspiré. Des toiles nouvelles, signées de son nom, firent leur apparition dans les vitrines des marchands. Elles furent accueillies avec succès.

Quant à Suzanne, dégagée des préoccupations qui, durant deux mois, avaient si fort troublé son existence, elle se consacra tout entière à sa mère. La santé de celle-ci s'altérait chaque jour davantage. Elle perdit la mémoire. Puis, ses membres furent frappés de paralysie. Elle parut ne plus reconnaître ses enfants. Ils durent s'attendre à la voir mourir bientôt.

Suzanne se prodigua pour soulager ses souffrances,

Elle passa les jours et les nuits auprès d'elle, priant, se dévouant, s'efforçant d'oublier ses peines dans l'accomplissement des grands devoirs qui s'imposaient à elle.

Mais rien, dans les circonstances douloureuses qu'elle traversait, n'était de nature à lui rendre le calme, à guérir son cœur meurtri. Elle ne haïssait pas celui qui l'avait trompée ; elle ne pouvait le chasser de son souvenir ; et, ne l'oubliant pas, elle se sentait encore faible, émue, troublée, en pensant à lui. Elle l'avait tant aimé !... Elle l'avait placé si haut dans son âme, qu'elle ne pouvait se résigner à la pensée qui revenait sans cesse à son esprit, et qui l'obligeait à s'avouer que celui-là, dont elle avait fait son idole, était indigne d'elle !

Il y a, dans le cœur d'une jeune fille chaste, des trésors d'enthousiasme et d'amour ; elle les garde précieusement pour celui auquel l'avenir les réserve... Puis, quand il paraît, quand elle a cru le reconnaître, elle met ses richesses à ses pieds, non pour qu'il les dissipe, mais pour qu'il en jouisse, en les faisant servir à son propre bonheur et au bonheur de celle qui lui en fait l'hommage, parce qu'elle l'aime. S'il la trompe, s'il la trahit, s'il oblige celle qui se livrait à lui avec tant de sainte confiance à ouvrir les yeux, à reconnaître son erreur, les trésors demeurent éparpillés, inutiles, attendant qu'un autre les recueille précieusement, et console la pauvre créature de la trahison et de l'oubli.

Mais si ce consolateur ne se présente pas, et tant qu'il ne s'est pas présenté, le cœur de la femme délaissée reste malade et meurtri. Plus elle était confiante et candide, plus sa douleur sera poignante. Plus son ivresse avait été profonde, plus son réveil sera terrible, et cruelle sa désillusion. Il faut beaucoup de temps pour guérir de telles plaies ; car ce n'est pas seulement sur son bien perdu que pleure l'abandonnée, mais encore sur l'erreur qui fait sa honte. Les paroles par lesquelles elle a répondu aux paroles ; les caresses par lesquelles elle a répondu aux caresses, sont, sans cesse, dans son souvenir comme des remords cuisants, la font rougir, car c'est dans sa pudeur qu'elle se sent atteinte.

Tel était l'état de Suzanne. Lorsqu'elle songeait aux entrevues qu'elle avait eues avec Pogoutzine, aux heures où elle avait senti les bras de cet homme l'enlacer étroitement ; lorsqu'elle se disait qu'il avait joui de ces privilèges, qui sont la joie de ceux qui s'aiment, elle souffrait plus encore de honte que de dépit ; et, bien que ce qu'elle appelait ses fautes dût être réduit à ces imprudences, c'en était assez pour tenir en éveil des scrupules peut-être exagérés, mais, à coup sûr, difficiles à apaiser.

Au surplus, tout se passait entre elle, sa conscience et son cœur. Elle tenait son mal soigneusement caché. Si le souvenir de Pogoutzine la troublait encore, si elle éprouvait des regrets ou des remords, nul ne le savait. A qui se serait-elle confiée, puisque sa mère ne pouvait la comprendre, puisque son frère aurait souffert autant qu'elle-même de ce qui la faisait souffrir si elle le lui eût révélé ? Nul ne put donc connaître le fond de sa pensée. Elle priait, travaillait, se prodiguait, ne sortait jamais ; et si son frère découvrait sur son visage les traces des larmes qu'elle versait, il pouvait les attribuer à la fatigue des longues veilles, passées au chevet de Mme Lagardie.

Il s'en fallait de beaucoup que son propre état fût aussi douloureux. Entre les sentiments que Suzanne avait nourris pour Pogoutzine et ceux que Lagardie avait eus pour Jeanne Aubry, la différence était grande. D'un côté, c'était l'amour, dans ce qu'il a de plus profond, de plus durable, de plus pur, de plus exalté ; de l'autre, c'était le caprice, fait de désirs violents, d'aspirations brutales, et, dès lors, plus facile à oublier. On peut mourir d'un mal semblable à celui de Suzanne. On ne meurt pas d'un mal tel que celui de Lagardie. Le peintre ne subissait donc pas une douleur égale à celle de sa sœur ; son amour-propre ressentait la blessure bien plus que son cœur.

Et puis, Lagardie voyait fréquemment la comtesse Touazig. Sans se rendre compte des sentiments qui l'attiraient vers elle, sans qu'il comprît combien il en était aimé, il goûtait, auprès de cette femme transformée, une joie tranquille, qui était le chemin le plus rapide pour arriver à l'oubli.

Enfin, il s'était remis au travail avec acharnement,

et la fièvre bienfaisante qui l'animait était encore un infaillible moyen de guérison.

Grâce à ces distractions puissantes, Lagardie se consola vite. De la passion malsaine, qui avait failli lui être fatale, il ne resta bientôt rien, dans ses souvenirs, qu'un désir toujours vivant, quoique contenu, de tirer de Pogoutzine une vengeance éclatante. Mais, sur ce point encore, la comtesse apaisait ses colères.

— A quoi vous servira la vengeance? lui disait-elle; vous donnera-t-elle le repos que vous cherchez? rendra-t-elle à votre sœur la paix intérieure qu'elle a perdue? Est-ce parce vous aurez puni cet homme de ses méfaits, que vous en oublierez plus vite les conséquences? D'ailleurs, comment vous venger? Je ne vois qu'un seul moyen digne de vous, c'est de provoquer le misérable, de vous battre avec lui. Mais pourrez-vous agir ainsi sans éclat, sans compromettre votre sœur? Et puis, avez-vous la certitude d'être le plus fort? Et si vous succombez dans cette lutte, que deviendront celles dont vous êtes le protecteur et le soutien? Le déshonneur n'est pas entré dans votre maison. Estimez-vous heureux à ce prix. Renoncez à des colères, à des pensées de vengeance qui ne serviraient qu'à éloigner de vous, et pour toujours, le bonheur et le repos.

Dans la bouche de la comtesse, ce langage exerçait sur Lagardie une grande influence.

— Que je voie Suzanne heureuse, répondait-il, et mon irritation cessera d'elle-même.

— Travaillez alors à la consoler, reprenait la comtesse, qui redoutait surtout que Lagardie ne payât de sa vie les projets qu'il formait contre le prince.

Lagardie se montrait docile à ces conseils. Il paraissait momentanément apaisé. D'ailleurs, aurait-il voulu provoquer sur-le-champ Pogoutzine, qu'il ne l'aurait pu. Au lendemain de sa misérable tentative, ce dernier était parti pour l'Allemagne, accompagné de Jeanne Aubry, qui allait y rejoindre Guyot-Bussy, devenu le héros du salon de jeu de Bade.

L'été s'écoula de la sorte. Vers la fin du mois d'octobre, Suzanne et Robert eurent le malheur de perdre leur mère. Toutes les facultés de Mme Lagardie s'étaient éteintes peu à peu, et, lorsqu'elle ne fut plus qu'un corps inerte, incapable de sentir ni de comprendre, la vie se retira à son tour. La pauvre femme s'éteignit un soir, passa, sans secousse, du jour de la terre dans le rayonnement de l'éternelle paix.

Cet événement n'était que trop prévu. Il ne laissa pas, cependant, que d'atteindre cruellement les enfants de Mme Lagardie. Les heures qui suivent le trépas d'un être aimé sont terribles pour ceux qui le pleurent. La stupéfaction, l'horreur, les regrets, la révolte contre la puissance mystérieuse qui dispense à son gré la vie et la mort, et nous frappe dans ce que nous avons de plus cher, voilà quels sentiments agitent l'homme en de tels instants.

C'est au milieu de cette douleur première que Lagardie, cherchant autour de lui un cœur moins désespéré, plus calme que le sien, se décida à écrire à Henri de Guilleragues. Il n'avait encore osé le faire, comme s'il eût redouté des reproches, ou la honte de revoir un ami dont il avait méconnu le dévouement.

Depuis bien des semaines, Guilleragues était sans nouvelles. Après l'entretien qu'il avait eu avec Lagardie au sujet de Suzanne, il était parti, emportant son amour méconnu, et se promettant de ne plus revenir sans être appelé. La lettre pressante qu'il reçut de Lagardie le combla tout à la fois de peine et de joie. Il se rendit sur-le-champ à son appel, et trouva dans les larmes les chers êtres que, quelques mois avant, il avait laissés dans l'ivresse d'une espérance folle.

La première entrevue fut pleine d'effusion. On s'embrassa.

— Pour quelle cause avez-vous cessé de venir ? demanda Suzanne.

Elle ignorait les événements qui avaient éloigné Guilleragues.

— J'étais en voyage, répondit simplement celui-ci.

D'un regard, Lagardie le remercia, pour ce mensonge, qui évitait des explications embarrassantes, et Guilleragues comprit alors que Suzanne n'avait jamais connu l'amour qu'elle lui inspirait.

Cette découverte ranima ses espérances ébranlées.

Bientôt Lagardie le prit à part, et lui dit :

— J'ai été bien coupable envers toi !... Mais, je

connais la noblesse de ton âme ; tu oublieras le mal que j'ai pu te faire, pauvre aveugle que j'étais ! Tu connaîtras la vérité, et tu verras alors que tout peut encore se réparer.

Pour toute réponse, Guilleragues lui serra les mains.

Puis, il revint auprès de Suzanne pour lui prodiguer des consolations, auxquelles elle se montra sensible.

Le corps de Mme Lagardie devait être transporté dans le Midi, où était enterré le général. Ses enfants devaient l'accompagner jusque-là. Il fallait obtenir une autorisation, aller au chemin de fer de Lyon ; en un mot, faire diverses démarches, dont Guilleragues se chargea. Lorsqu'il les eut terminées, il revint trouver ses amis, et leur dit :

— J'ai une grâce à vous demander. Permettez-moi de partir avec vous.

— Je n'osais t'en prier, répondit Lagardie. Tu combles le plus cher de mes désirs !

Quant à Suzanne, elle tendit ses deux mains à Guilleragues, en fixant sur lui ses beaux yeux tristes, dans lesquels il put lire la reconnaissance dont elle se sentait pénétrée.

Le départ était fixé au surlendemain matin. Guilleragues alla s'y préparer. Durant la soirée qui le précéda, Lagardie se rendit chez la comtesse Touazig afin de lui faire ses adieux. Elle connaissait le malheur qui l'avait frappé et lui avait écrit déjà un billet touchant. Des larmes montèrent à ses yeux, lorsque Lagardie prit congé d'elle. Elle ne l'avait jamais plus aimé et jamais aussi elle n'avait mis dans cet amour, qui la faisait une femme nouvelle, plus d'aspirations chastes et contenues.

— M'écrirez-vous ? lui demanda-t-elle.

— Souvent ; je vous le promets, répondit Lagardie.

— Je suis votre meilleure amie. Ne l'oubliez pas, ajouta-t-elle doucement, en mettant dans ces paroles un peu de la tendresse dont son cœur était plein.

Ils se séparèrent ainsi.

Le lendemain, dès le matin, Suzanne, Robert et Guilleragues quittaient Paris, accompagnant le cercueil qui renfermait le corps de Mme Lagardie.

Le voyage fut triste. Mais la longueur du trajet permit d'échanger des confidences. Tandis que Suzanne, accablée d'émotions et de fatigue, reposait, assoupie dans un coin du wagon, Lagardie fit à Guilleragues le récit qu'il lui avait promis. Il ne lui cacha aucune des aventures que nos lecteurs connaissent déjà.

— Rien n'est perdu, dit Guilleragues, lorsque son ami eut fini de parler. J'aime toujours Suzanne, et si je parviens à me faire aimer d'elle, elle sera encore heureuse.

Ainsi, après tant d'aventures douloureuses, à côté de ce cercueil à peine fermé, une espérance nouvelle commençait à fleurir, aux yeux de ceux pour qui les espérances avaient semblé mortes à jamais.

XXII

Dans la vallée du Rhône, entre Avignon et Taras-
con, à l'entrée du beau pays de Provence, se trouve
un joli village appelé Maillanne. Il est au milieu
d'une plaine fertile dont les horizons lointains sont
bornés par une chaîne de montagnes aux sommets
couverts de neiges éternelles. Les maisons de Maillanne sont blanches, bien tenues, leurs habitants
bienveillants et gais.

Dans les champs d'alentour, poussent les mûriers
au feuillage sombre, les oliviers au tronc rabougri,
les cyprès gigantesques rangés en longues files autour des prairies vertes, et lançant hardiment vers
les cieux leurs cimes légères dont l'ombre se dessine,
le soir, sur l'herbe des chemins, comme une proces-
sion de fantômes. Il n'y a pas dans toute l'Europe un
pays qui, par sa végétation et sa physionomie générale, ressemble autant à la Grèce que celui-là. L'inal-

térable couleur du ciel bleu, le souffle embaumé des brises matinales, l'ardeur du soleil, la pureté des nuits étoilées, la douceur du climat complètent l'illusion.

La petite propriété que Mme Lagardie léguait à ses enfants, et dans laquelle elle avait voulu reposer à côté de son mari, était située à Maillanne. A l'extrémité du village, en sortant par la route de Saint-Rémy, une petite maison, dont les murs sont cachés sous les pampres des vignes vermeilles, se dresse sur une hauteur d'où l'œil embrasse toute la plaine. Un jardin assez vaste, clos de haies vives, épaisses et élevées, entoure la maison. Dans ce jardin, fleurissent les arbres et les plantes de la contrée, formant un massif verdoyant, plein de mystère et d'ombre.

C'est là que Suzanne, Robert et Guilleragues se trouvaient encore, deux mois après avoir rendu les derniers devoirs à Mme Lagardie. Au lendemain de la triste cérémonie, le frère et la sœur s'étaient établis à Maillanne pour pleurer en repos. Partageant leur douleur, Henri de Guilleragues était resté auprès d'eux. On s'était promis de partir au bout de quelques jours. Mais la douceur de vivre là était telle, le repos qu'on y goûtait, succédant à de violentes agitations, avait de tels charmes, l'air qu'on respirait au sein de cette nature fertile était si bienfaisant pour le corps et pour le cœur, qu'on avait laissé couler les jours sans s'en apercevoir.

On était en automne. Rien de plus poétique ni de plus charmant, en Provence, que cette saison dont ceux-là seuls ont dit du mal qui n'en ont jamais senti les beautés. Dans cette contrée bénie, les arbres ne voient tomber leurs feuilles que lentement. Jusqu'aux premières journées d'hiver, la nature reste belle. Le soleil, s'il perd sa chaleur, ne perd rien de son éclat. Le ciel conserve sa sérénité et la nuit les mystérieuses lueurs d'un printemps qui semble éternel.

Suzanne se plaisait dans ce pays. Elle y trouvait des forces et l'oubli de ses maux ; ses joues, naguère pâlies, avaient recouvré leurs couleurs. Tous les jours, elle sortait. Robert et Guilleragues l'accompagnaient. On faisait de longues promenades durant lesquelles on respirait à pleins poumons les saines odeurs du sol où poussent les cyprès. On rentrait vers cinq heures, pour voir, du haut de la terrasse du jardin, le soleil se coucher, en dorant les cimes blanches des Alpilles de ses derniers rayons.

Là, pour Suzanne, point de souci. Paris, ses boues, ses laideurs, étaient si loin qu'elle n'y pensait pas. Le souvenir des aventures auxquelles elle avait été mêlée s'effaçait de plus en plus. Elle n'y songeait que comme le voyageur revenu d'un long voyage songe aux dangers qu'il a courus, dont la mémoire peut encore le faire trembler, mais sans pouvoir l'épouvanter. Aussi Suzanne était-elle presque heureuse. Tout, à ses yeux, prenait une physionomie

douce et calme, tout jusqu'aux larmes qu'elle versait
sur sa mère morte.

Guilleragues et Lagardie suivaient d'un œil anxieux,
mais déjà rassuré, les progrès de cette cure bienfaisante. Le dernier se sentait lui-même plus tranquille,
à mesure qu'il voyait sa sœur se rattacher à la vie. Il
avait oublié Pogoutzine et Jeanne Aubry, et si, au
souvenir du passé, son cœur battait encore quelquefois, c'était lorsqu'il pensait à la comtesse Touazig,
dont l'image restait toujours vivante en lui, sans
qu'il osât s'avouer qu'il en était peut-être épris. Il lui
écrivait fréquemment, recevait d'elle des lettres qui
le charmaient, mais qu'il n'osait communiquer à
Guilleragues, dont il redoutait les conseils.

Quant à celui-ci, il poursuivait avec tranquillité la
tâche qu'il s'était imposée. Il voulait se faire aimer
de Suzanne. Lui-même l'aimait toujours, non d'une
passion exigeante ou égoïste, mais d'une tendresse
calme, dévouée, presque paternelle.

Suzanne n'était plus comme autrefois vaine, légère.
Elle devait ce changement à la dure leçon qu'elle
avait reçue.

Elle était mieux disposée maintenant pour apprécier les solides qualités de Guilleragues, pour juger
ce que valent la noblesse du cœur, la gravité de l'esprit, l'éloquence du langage, le courage, le désintéressement, l'instruction, tous ces dons qui faisaient
d'Henri une nature supérieure. Auprès de lui, elle
éprouvait un charme indicible. Sans donner un nom

à l'attrait qu'il lui inspirait, elle sentait naître et
grandir en elle un attachement profond, basé sur
l'estime et la confiance.

Était-ce l'amour ? Non. Mais c'était le commencement de l'amour. Dieu n'a pas voulu qu'après avoir
subi de cruelles épreuves, les jeunes cœurs restassent
éternellement désespérés. A côté du doute qui tue, il
a placé la foi qui sauve. Suzanne croyait. N'ayant
pas été coupable, elle ne se jugeait pas indigne de
goûter un jour les saines joies de la vie, de faire le
bonheur d'un honnête homme et d'être heureuse
avec lui.

Il ne faut pas croire que si elle fût restée à Paris,
auprès des hommes et des choses qui avaient failli la
perdre, elle se fût sitôt rattachée à de nouvelles espérances. Mais le déplacement, le voyage, la mort de
sa mère, la présence de Guilleragues, ces émotions
diverses, en lui prouvant qu'elle pouvait encore prier,
pleurer et aimer, l'avaient sauvée.

Elle s'entretenait souvent de l'état de son cœur
avec Guilleragues. Elle s'ouvrait à lui comme à son
frère. Elle lui faisait part de ses espérances, de ses
craintes, de ses regrets, et deux mois après la mort
de Mme Lagardie, une heure arriva où Guilleragues
comprit clairement que Suzanne s'estimerait heureuse, si un dernier scrupule, vivant encore dans son
esprit, était dissipé. Ce scrupule était celui-ci : elle
n'aimait plus Pogoutzine ; le mépris provoqué par
l'infâme conduite de ce dernier avait tué l'amour

dans le cœur de Suzanne. Mais elle n'osait se dire
absolument libre. La pensée que cet homme vivait,
qu'elle pourrait le rencontrer à Paris, le revoir, être
obligée de l'entendre, cette pensée lui était intolé-
rable.

— Si je me mariais un jour, disait-elle à Henri, je
voudrais que l'homme que j'épouserais consentît à
vivre avec moi dans une retraite ignorée, obscure,
loin des lieux où je pourrais rencontrer l'autre ; car
si jamais celui-ci se trouvait sur mon chemin et que
je fusse au bras de mon mari, je mourrais de honte.

Ainsi, elle laissait lire clairement à Guilleragues
ses impressions quotidiennes. Ce dernier voyait bien
que, dans le cœur de Suzanne et en dépit de ses remords vivaces encore bien qu'amoindris, la place
était faite par un amour nouveau. Lorsqu'il eut
acquis cette conviction, il redoubla de soins, de prévenances. Il voulait obliger Suzanne à ouvrir les
yeux, à comprendre que le bonheur qu'elle cherchait
était là, sous sa main, et qu'elle n'avait qu'un mot à
dire pour qu'il lui fût à jamais acquis.

— Que ne lui avoues-tu la vérité ? demandait Lagardie à son ami, lorsque celui-ci lui faisait part de
son espoir.

— Je n'ose encore ! Si je me trompais !

— Veux-tu que je parle ?

— Non ! non ! l'heure n'est pas venue. Avant de
dire à Suzanne que je l'aime, il me reste une tâche
à remplir.

Quelle tâche ?

Lorsque Guilleragues, pour la première-fois, parla de la sorte, Lagardie ne comprit pas à quel projet mystérieux son ami faisait allusion.

Les jours suivants, il l'interrogea, mais sans parvenir à en savoir davantage. Comment Guilleragues aurait-il pu lui avouer qu'il avait résolu de se dévouer pour débarrasser Suzanne de Pogoutzine, qu'il s'était décidé à jouer cette grosse partie en entendant la jeune fille exprimer des craintes au sujet du mal que le prince pourrait lui faire, si quelque jour il cherchait à se venger ? Pour celle qui devait être sa femme aussi bien que pour lui, il comprenait la nécessité de faire disparaître ce dernier. Il ne voulait pas être exposé à voir Suzanne insultée ou calomniée.

— Je le provoquerai, disait-il.

Sa confiance dans l'issue du combat était telle, qu'il ne voulait pas prévoir le cas où lui-même serait tué.

Telle était sa résolution. Il n'en avait fait part à personne, ne voulant ni alarmer Suzanne, ni obliger Lagardie à revendiquer pour lui le droit de punir celui qui avait tenté de séduire sa sœur.

Cependant, le temps passait avec rapidité. L'hiver s'avançait. Les soirées s'écoulaient maintenant, charmées par d'intimes causeries, autour d'une cheminée dans laquelle brillait un grand feu de sarments. On n'eût guère songé à retourner à Paris, sans certaines affaires qui y rappelaient Lagardie et

Guilleragues. Un soir, comme l'on s'entretenait du prochain départ, Suzanne exprima, non sans mélancolie, le regret qu'elle éprouvait, à la veille de quitter Millanne.

— Paris m'est odieux, dit-elle.

— Que ne restez-vous ici? demanda Guilleragues. Les gens qui vous entourent sont sûrs et fidèles. Dans ce pays, on vous aime. Vous y pourriez passer tranquillement l'hiver, et y être heureuse.

Suzanne secoua la tête et reprit :

— Comment pouvez-vous me proposer de me séparer ainsi de tout ce que j'aime?

— Votre frère travaillera aussi bien ici qu'à Paris, si ce n'est mieux. Les intérêts qui le réclament là-bas ne sont ni compliqués, ni nombreux. Il peut être de retour dans un mois.

— Cela est certain, s'écria Lagardie à qui souriait la pensée de laisser sa sœur à Maillanne où elle goûtait un si bienfaisant repos. Si tu veux m'attendre ici, je te promets d'être de retour dans trois semaines au plus tard.

— C'est bien, mais vous, quand vous reverrai-je? demanda Suzanne en s'adressant à Guilleragues.

— Moi! je suis donc de ceux que vous aimez? s'écria ce dernier surpris et charmé.

— En pouvez-vous douter?

Ces simples mots furent prononcés sans éclat, mais avec un accent qui révélait tant de tendresse que Guilleragues se sentit ému jusqu'aux larmes et

que Suzanne demeura interdite, frappée de stupéfac-
-tion, ne pouvant s'expliquer comment elle s'était
laissée aller à s'exprimer ainsi. Lagardie comprit
que le moment était solennel. Il se leva doucement
et sortit pour laisser sa sœur et son ami en tête-à-
tête. Ce dernier se rapprocha de Suzanne.

— Vous venez de me dire que vous m'aimiez, fit-il
en tremblant. Est-ce bien vrai? Si le bonheur de ma
vie dépendait de vous seule, et s'il suffisait d'un mot
de vous pour l'assurer, prononceriez-vous ce mot?

— Je ne vous comprends pas, répondit-elle en
proie à un grand trouble.

— Je vous aime, Suzanne. Mon amour est digne de
vous et dure depuis deux ans.

Elle se leva, muette, le visage exprimant la surprise et la crainte, étendit les bras, ouvrit la bouche,
et n'ayant pu parler, tant son émotion l'oppressait,
elle retomba sur son siège et fondit en larmes.
Guilleragues se précipita à ses pieds.

— Vous ai-je déplu?

— Non! non! fit-elle vivement; et lui montrant
ses yeux mouillés de pleurs, elle ajouta : Ce sont des
larmes de joie! Vous qui connaissez tout le passé et
que j'estime autant que je vous aime, vous me jugez
digne de vous?

— Oui, Suzanne, digne d'être ma femme.

Il y eut un moment de silence. Ils se regardaient
maintenant, émus, troublés.

— Écoutez, dit enfin Suzanne, ce qui m'arrive est

si peu attendu et dépasse à ce point mes espérances
que je ne sais comment vous répondre. Je n'ai pas
eu le temps d'envisager, comme une chose possible,
la perspective que vous faites briller à mes yeux. Il
me faut quelques jours de recueillement. J'ai besoin
de descendre en moi-même, d'y voir clair dans mon
cœur. Tout à l'heure, vous m'avez donné le conseil
de ne pas quitter Maillanne, d'y attendre le retour
de mon frère. Ce conseil, je le suivrai. Vous, partez
avec Robert, et si pendant le séjour que vous ferez à
Paris, vous ne recevez aucune lettre de moi, revenez
avec lui. Maintenant, je vous en supplie, jusqu'à
l'heure de votre départ, ne me parlez plus des sentiments que vous venez de me révéler.

Ayant tenu ce langage et sans attendre une réponse, Suzanne sortit précipitamment. Guilleragues
rejoignit Lagardie.

— Eh bien, s'écria celui-ci, où en êtes-vous ?

— Je l'ignore tout autant que toi, répondit Guilleragues. Nous partons demain tous les deux seulement. Ta sœur demeurera ici à attendre ton retour
et peut-être le mien.

Ils partirent en effet le lendemain. Suzanne ne
quitta pas Maillanne.

XXIII

En arrivant à Paris, les deux amis ne se séparèrent pas. Guilleragues, on s'en souvient, habitait Ville-d'Avray. Mais, Lagardie lui ayant offert une chambre dans sa maison, il accepta l'offre de celui-ci qu'il regardait déjà comme son frère.

Il ne lui avait rien dit des projets qui l'amenaient à Paris. Le nom de Pogoutzine n'avait pas été prononcé dans leurs entretiens. Lagardie ignorait donc que Guilleragues voulait provoquer le prince et se battre avec lui. De son côté, Guilleragues pensait que Lagardie, voyant le bonheur de sa sœur presque assuré, avait renoncé à toute vengeance.

Quelles que fussent leurs dispositions mutuelles, ils sortirent dès le lendemain et chacun d'eux se cachant de l'autre, alléguant des affaires pressées, courut où ses désirs l'appelaient ; Lagardie chez la comtesse Touazig, Guilleragues à l'hôtel de Pogout-

14

zine. Il apprit que le prince n'était pas attendu à Paris avant quinze jours. Il habitait Nice.

Cette nouvelle causa quelque dépit à Guilleragues. Il regretta de ne l'avoir pas connue plus tôt, alors qu'il pouvait en quelques heures aller de Maillanne à Nice. Il se demanda s'il ne partirait pas sur-le-champ pour aller trouver celui qu'il considérait comme un ennemi. Mais la crainte d'éveiller les soupçons de Lagardie et de se mettre dans l'impossibilité de lui cacher la vérité l'arrêta. Il résolut d'attendre le retour du prince.

Quant à Lagardie, il se présentait à la même heure chez la comtesse Touazig. Il ne l'avait pas vue depuis plusieurs mois. Les lettres échangées entre eux, durant ce temps, exprimaient les sentiments les plus affectueux, témoignage de reconnaissance de la part de Lagardie qui n'oubliait pas qu'il devait à la comtesse le salut de sa sœur, témoignage de tendresse de la part de la comtesse qui trahissait, sans le vouloir, et sous les formes les plus contenues, la passion qui l'animait.

Mais la dure leçon du passé avait rendu Lagardie défiant. Aussi, bien qu'il ressentît pour la jeune femme un vif attrait, comme il se rappelait que par deux fois elle l'avait repoussé, comme il nourrissait maintenant pour elle une profonde estime, dans les lettres qu'elle lui adressait, il ne cherchait pas des preuves d'amour.

Si parfois le langage de la comtesse était empreint

d'une certaine passion, il mettait cette passion au compte de l'amitié, plein d'indécision d'ailleurs sur la conduite qu'il tiendrait vis-à-vis de son amie, lorsqu'il la reverrait.

Ce ne fut donc pas sans un certain trouble qu'il entra chez elle. Mais, quelle douloureuse surprise l'y attendait! Était-ce donc la belle et brillante comtesse Touazig qu'il revoyait dans cette femme au visage allongé, altéré, ridé, vieilli?

A la place des lèvres sensuelles qui s'ouvraient autrefois toujours souriantes et prodigues de baisers, il voyait des lèvres décolorées, amincies, mourantes. Au lieu de ces yeux étranges qui avaient porté l'incendie dans tant de cœurs, il retrouvait des yeux éteints, bien que démesurément agrandis par les traces des larmes. A la belle couleur olivâtre du teint, avait succédé une pâleur jaune et transparente. Les mains, les épaules, les bras, étaient maigris et creusés... Cette personne, jadis si belle et si rieuse, respirait la douleur et la tristesse. Tout attestait qu'elle avait beaucoup souffert.

Si, dans les sentiments que nourrissait Lagardie pour la comtesse, il y avait eu, malgré lui, des aspirations amoureuses, si, tout à l'heure, il arrivait chez elle, en proie à l'anxiété émue qui précède les doux rendez-vous, en la voyant telle que nous venons de la décrire, il s'arrêta surpris, alarmé, et tous les sentiments incertains qui avaient rempli son cœur jusque-là se fondirent dans l'immense pitié dont il fut tout à coup saisi, et qu'il ne sut pas cacher.

La comtesse ne parut pas blessée de son étonnement. Elle n'était pas avertie de son retour et ne s'attendait guère à le voir aussitôt. Ce fut donc pour elle une grande émotion. Elle s'y abandonna sans contrainte, et l'expression en fut telle que Lagardie ne put deviner le courage avec lequel la pauvre femme, éclairée tout à coup par le regard qu'il venait de jeter sur elle, comprenant qu'elle ne pouvait plus être aimée de lui, accepta son arrêt et refoula jusqu'au fond de son cœur ses dernières espérances.

— Vous me trouvez changée, n'est-ce pas ? dit-elle lorsqu'elle lui eut témoigné toute sa joie.

Lagardie ne put nier, quel que fût d'ailleurs son désir d'aider la comtesse à se faire illusion, si cela était encore possible.

— Vous m'avez écrit plusieurs lettres. Pourquoi ne m'avoir pas prévenu que votre santé s'altérait ? demanda-t-il.

— A quoi bon ?

— Mais avez-vous vu les médecins ? De quel mal souffrez-vous ?

— D'un mal que les médecins ne guérissent pas, répondit-elle en souriant tristement.

— Mais encore a-t-il un nom ? fit Lagardie.

— Son nom ferait rire mes anciens amis. Quant à sa place, elle est là.

Parlant ainsi, la comtesse toucha sa poitrine, puis elle ajouta :

— Il y a quelques mois, je n'aurais pas eu assez de railleries pour quiconque m'eût prédit que je connaîtrais toutes les douceurs et toutes les amertumes du mal d'amour.

À ces mots, Lagardie devint pâle, non certes qu'il fût assez fat pour interpréter sur-le-champ en sa faveur les paroles de la comtesse et croire que c'était lui qu'elle aimait, mais parce qu'il eut peur, au contraire, d'être aimé d'elle, et qu'en même temps il comprit que si ce n'était pas de lui qu'elle voulait parler, il ne la verrait pas sans dépit en aimer un autre. Ce fut tout à la fois de la jalousie et de la crainte, crainte et jalousie que rien ne justifiait en ce moment, mais qui prouvaient à Lagardie que de ses relations avec cette femme il resterait éternellement dans son cœur une amitié plus égoïste que reconnaissante.

— Vous aimez ? dit-il.

— À en mourir ; vous le voyez, puisque j'en meurs !

— Mais celui que vous aimez le sait-il ?

— Non.

— Que ne le lui faites-vous comprendre ?

— C'est un aveu qui me coûte et que je ne dois pas faire.

— Vous !

— Cela vous étonne qu'une femme telle que moi, audacieuse, folle, compromise, perdue, n'ait pas osé avouer à celui qu'elle adore la cause de son mal ? C'est ainsi cependant.

Elle s'arrêta, comme si ce qu'elle allait dire coûtait à sa pudeur ; puis, cédant sans doute à un besoin de se confier à un ami, elle reprit :

— Celui que j'aime est jeune, son âme est belle et généreuse, pleine d'enthousiasme et de tendresse. Son nom est de ceux que toute femme serait fière de porter. Je l'aime depuis six mois. Lui-même a cru m'aimer, alors que mon propre cœur n'avait pas encore parlé. Je l'ai repoussé, non parce qu'il me déplaisait, mais parce que je l'estimais déjà trop pour le traiter comme tant d'autres, à qui je n'ai rien donné de mon être moral et qui ont pu croire cependant que je les avais aimés un jour. C'est cette estime qui m'a conduite à l'amour, et lorsque cet amour m'est venu, je n'ai pas osé le lui révéler.

Lagardie écoutait anxieusement cette confidence. N'était-ce pas son histoire que la comtesse lui racontait ? Il n'osait le croire, et cependant tout lui criait :

— C'est de toi qu'elle parle ! c'est toi qu'elle aime !

La comtesse continua :

— Il ne sait rien ; il ne saura rien. Mais j'en mourrai.

Ce fut dit si simplement, il y avait dans l'accent de la comtesse tant de résolution, que Lagardie ne put s'empêcher de trembler. Il sentait que, pour cette femme, il n'éprouverait plus autre chose que de l'amitié, et cependant, sous l'empire de son émotion, s'il eût été certain qu'elle voulait parler de lui,

il aurait feint, pour lui rendre l'espérance et la vie,
l'amour qu'il n'éprouvait pas.

— Ouvrez votre cœur à celui auquel vous faites
allusion, dit-il. Devant la sincérité de vos sentiments, il sera touché, il vous aimera.

La comtesse remua la tête.

— Par compassion, fit-elle ; ce n'est point ce que
je demande. Et puis voudrait-il faire de moi sa
femme ? Qu'aurais-je à lui offrir ? Un nom perdu,
un passé déshonoré, un corps flétri ! D'ailleurs, s'il
m'épousait, ne serait-ce pas le malheur de sa vie ?
Quant à être sa maîtresse, je n'y consentirai jamais.
Ce serait souiller le premier sentiment pur qui ait
fleuri dans mon cœur.

Elle s'arrêta quelques instants, comme épuisée
par ces aveux. Puis elle reprit :

— Si vous saviez combien mon supplice est encore
plein de douceur ! Ah ! Dieu est bon ! J'ai cette con-
solation infinie d'être restée digne de celui que
j'aime. Depuis que son regard a touché mon cœur,
je suis entrée dans une vie nouvelle. Je me sens
meilleure, mon âme se purifie, et si, n'avouant pas
mon mal à celui qui l'a causé, je me condamne à
une longue souffrance, du moins je me relève à mes
propres yeux par cette souffrance volontaire qui ra-
chète les erreurs de ma vie passée. Après l'existence
orageuse que j'ai menée, pouvais-je ambitionner une
autre destinée que celle-là ? Je meurs de mon amour,
et je suis heureuse d'en mourir, moi qui niais

l'amour. Voilà pourquoi je ne révèle pas le mien à celui que j'aime. Voilà pourquoi il l'ignorera toujours.

— Et s'il le devinait ?

— C'est impossible ! Il pourra me voir malheureuse ; mais il ne saura jamais que c'est pour lui et par lui que je le suis, si ce n'est le jour où je goûterai la joie suprême de donner ma vie pour assurer son bonheur.

A ces mots, Lagardie comprit qu'il devait renoncer à connaître le nom de celui auquel la comtesse faisait allusion. Il plia le genou devant elle et lui dit :

— Je continuerai, si vous le voulez bien, à être votre ami.

— Vous ! En aurez-vous le courage ?

— Ne vous dois-je pas l'honneur de mon nom ? N'est-ce pas vous qui, dans la personne de ma sœur, l'avez sauvé de toute souillure ? Ma gratitude est infinie, et je vous la prouverai en restant votre ami, de près comme de loin, afin de réparer s'il se peut le mal dont vous êtes atteinte.

— Eh bien, soyez mon ami ; je le veux bien. Je ne crains pas que ma beauté vous sollicite de changer de rôle, ajouta-t-elle en jetant un regard plein d'ironie et de pitié sur une glace qui lui renvoya son image aux traits dévastés.

Ces confidences échangées, elle interrogea Lagardie sur ses projets d'avenir. Il les lui révéla. Ils étaient tous subordonnés à la décision que prendrait Su-

zanne. Si elle consentait à épouser Guilleragues,
Robert, certain de la voir heureuse, ensevelirait le
passé dans un oubli profond et continuerait coura-
geusement sa carrière artistique. Mais si sa sœur,
cédant à des scrupules exagérés ou à des souvenirs
encore si près d'elle, refusait de se marier, si elle
condamnait sa jeunesse et sa beauté à la solitude et
aux larmes, alors il était décidé à demander compte
au prince Pogoutzine de cet avenir détruit et à lui
faire expier son crime.

— Votre sœur sera heureuse, répondit la comtesse
qui voulait éloigner l'éventualité d'une rencontre
entre lui et Pogoutzine.

— Nous le verrons bien, répondit-il.

— En tous cas, reprit-elle, promettez-moi de ne
prendre aucune décision sans m'avoir consultée. Je
ne vous donnerai que de bons conseils.

Il fit la promesse qu'elle exigeait de lui, et la quitta,
après lui avoir promis de la revoir.

XXIV

Quinze jours s'écoulèrent sans amener aucun changement dans la situation respective des personnages de ce récit. Guilleragues et Lagardie habitaient ensemble, vaquaient à leurs occupations quotidiennes, s'entretenaient fréquemment de Suzanne et se préparaient à retourner bientôt auprès d'elle, sans s'être rien dit qui pût faire supposer qu'ils s'attendaient l'un et l'autre à voir surgir tout à coup, au moment de partir, quelque grave événement.

A cet égard, ils se cachaient avec soin leurs impressions et leurs pensées, comme si chacun d'eux eût voulu se dévouer, à l'insu de l'autre, à la cause de Suzanne.

Cependant, à mesure qu'approchait le terme de leur séjour à Paris, les lettres de Suzanne étaient attendues par eux avec plus d'impatience. Elle avait dit à Guilleragues :

— Quittez-moi. Partez avec mon frère. Si, durant votre séjour à Paris, je ne vous écris pas, revenez avec lui.

Guilleragues était donc en proie à une anxiété qui ne devait cesser qu'au moment où il retournerait à Maillanne ; jusque-là, il était exposé à recevoir une lettre de Suzanne qui pouvait anéantir ses espérances.

Il fut pendant plusieurs jours, comme une âme en peine, doutant et croyant tour à tour, plein d'agitation et de fièvre, sans que Lagardie, qui partageait toutes ses incertitudes, pût parvenir à le calmer.

On comprendra son anxiété lorsqu'on se souviendra que, depuis deux ans, il aimait Suzanne, avec la ténacité de sa nature énergique et fière. Son amour, traversé par les péripéties qui font l'objet de ce récit, avait résisté, soutenu par un inébranlable espoir. Alors même qu'il savait Suzanne égarée par des idées ambitieuses, il ne s'était pas découragé, confiant dans l'honnêteté, dans la droiture de ce cœur d'enfant qu'on pouvait tromper, mais non corrompre.

Mais maintenant que Suzanne était sauvée, qu'elle n'ignorait plus l'amour de Henri de Guilleragues, celui-ci avait d'autres craintes. Il redoutait, non qu'elle aimât encore Pogoutzine, mais qu'elle se laissât entraîner par les scrupules qu'il avait déjà devinés dans leurs entretiens. Si, dans la solitude et le recueillement où vivait Suzanne, ces scrupules augmentaient, n'en résulterait-il pas une réponse négative ?

Telles étaient les causes de l'incertitude qui agitait Henri. Cependant le temps passait.

Lagardie ayant fini ses affaires avec les marchands pour lesquels il travaillait, chargé par eux de commandes nouvelles, avait préparé ses pinceaux et ses toiles et songeait à retourner à Maillanne. Suzanne en était avertie ; les lettres qu'elle écrivait ne portaient aucune trace des préoccupations dont Guilleragues redoutait les suites. Il reprenait donc quelque confiance.

Enfin, un matin, Lagardie lui dit :

— Es-tu prêt à partir ?

— Je suis prêt, répondit-il, saisi d'une joie qu'il ne cherchait plus à cacher.

— Alors, ce sera pour demain. J'ai reçu hier une lettre de Suzanne. Elle paraît calme et décidée. L'heure est venue de la rejoindre. Il ne faut pas prolonger cet état de choses.

Une fois le départ arrêté, Guilleragues se retrouva en face de la question qui, depuis plusieurs jours, s'agitait dans son esprit. Devait-il provoquer Pogoutzine, s'exposer à tuer celui qui avait aimé Suzanne ? Il était parti de Maillanne, résolu à jouer sa vie pour venger la jeune fille. Mais, depuis, la réflexion lui était venue, et la pensée de se présenter à Suzanne les mains teintes de sang l'épouvantait. Lagardie, on s'en souvient, avait passé par les mêmes irrésolutions, par les mêmes transes. A son tour, Guilleragues les éprouvait. A mesure que ses espérances

grandissaient, son courroux diminuait. La perspective d'un bonheur presque certain rend indulgent
l'homme le plus irascible, le plus justement courroucé. Elle devait donc agir sur Guilleragues, qui
joignait à l'énergie de la volonté une douceur d'enfant, à une bravoure à toute épreuve une horreur
profonde du sang versé. Indécis, troublé, n'osant
jouer dans un duel son bonheur qui désormais semblait certain, et, d'autre part, poussé par les résolutions contraires qu'il avait prises avant de quitter
Maillanne, il sortit, errant au hasard, dans les rues
pleines de gens affairés et de promeneurs. Au milieu
du tumulte parisien, il allait seul, recueilli dans ses
pensées, sans rien voir, sans rien entendre, incapable de prendre une résolution. Ah! si Pogoutzine
se fût trouvé sur son chemin, sa résolution eût été
prompte. Mais, le prince était-il seulement de retour
à Paris? Il voulut s'en assurer, courut à l'avenue
Montaigne et s'informa. Le prince était arrivé depuis
la veille.

— Eh bien! je me battrai demain matin.

En s'adressant à lui-même cette phrase, Guilleragues ne put s'empêcher de sourire. En effet, qu'il
fût décidé à se battre, c'était quelque chose, mais ce
n'était pas tout. Encore fallait-il trouver Pogoutzine,
le provoquer. Sous quel prétexte? On ne provoque
pas les gens sans motif, à moins d'être fou ou de
vouloir passer pour tel.

— Ah! c'est trop se tourmenter, s'écria-t-il tout à

coup ; que cet homme vive ou meure, que m'importe,
si je suis heureux ? Lorsque Suzanne sera ma femme,
si jamais il se trouve sur mon chemin, il sera temps
de régler avec lui ce compte arriéré.

Et sa résolution étant désormais fixée, il rentra
chez lui pour terminer les préparatifs de son départ.

Lagardie était absent. Il venait de sortir, à ce
qu'apprit Guilleragues par la femme qui les servait.
Mais il avait laissé dans la chambre de son ami une
lettre arrivée pour ce dernier. Le cœur de Guilleragues fut, à cette nouvelle, saisi d'effroi. Il devina
que cette lettre contenait sa destinée. Il courut à sa
chambre. La lettre était tout ouverte sur une table.
Suzanne l'avait adressée non cachetée à Lagardie,
afin qu'il pût en prendre connaissance avant de la
communiquer à Guilleragues. Ce dernier la lut
d'abord d'un seul regard. Puis il recommença sa
lecture plus lentement.

Hélas ! la décision de Suzanne était contraire à ses
vœux. Elle la lui faisait connaître en ces termes :
« Ce n'est pas sans douleur, mon ami, que je prends
la plume pour vous écrire. J'ai attendu jusqu'à la
dernière minute, avant de vous faire part de mon
irrévocable volonté. Mais il le faut. Les ménagements
que je garderais encore ne pourraient que confirmer
vos espérances et rendre plus cruel le mal que je vais
vous causer.

» Le soir où vous m'avez avoué que, depuis deux
ans, vous m'aimiez, j'ai eu le tort grave de ne pas

dissimuler assez la joie que j'en ressentais. Mais
est-on toujours maître de ses impressions ? J'étais si
surprise, si touchée de votre aveu, si heureuse de
voir que je possédais encore l'estime et l'attachement d'un cœur aussi noble que le vôtre, que je ne
pus que sourire au milieu de mes larmes. Mon émotion vous apparut tout entière et vous êtes parti plein
d'espoir, presque assuré de revenir.

» Je vous jure, Henri, qu'au moment où vous me
quittiez, mon âme vous adressa, en même temps que
l'adieu le plus tendre, un souhait de bon et prompt
retour. Quel travail s'est depuis fait en elle ? Comment vous l'exprimer ? La décision, qui en est ré-
sultée, tient à des détails si intimes, que je ne saurais vous les dire. J'en rougis, mais je ne peux les
oublier, et s'il est vrai que dans les bras de cet
homme je suis restée pure, il n'est pas moins vrai
que je l'ai aimé et que, confiante en lui jusqu'à la
faiblesse la plus coupable, je lui ai laissé connaître
la douceur de mes caresses. C'est ce souvenir qui me
torture et qui ne cessera que le jour où je saurai que
celui dont je ne peux parler sans horreur a cessé de
vivre.

» Voilà pourquoi je ne peux être à vous, ni à aucun
autre. Si je rougis du passé, je ne veux en rougir
qu'en face de moi-même. A cette heure, nul n'a le
droit de me demander compte de ma conduite. Je
ne veux pas m'exposer à être humiliée devant un
mari ou des enfants, et je le serais, si jamais, étant

auprès d'eux, je rencontrais celui qui a causé mes
malheurs. Ma destinée est désormais résolue. Elle
s'écoulera dans ce petit pays de Maillanne, où je
voudrais toujours avoir vécu. Je tâcherai d'oublier,
et si l'oubli ne vient pas, je mettrai, entre le monde
et moi, une barrière infranchissable, le cloître et des
vœux éternels.

» Quelque peine que vous cause ma décision, ne
cherchez pas à la changer. Elle est inébranlable.
Subissez-la, et ce qui vaut mieux, oubliez-moi. En
tous cas, épargnez ma faiblesse qui est grande, je
vous l'assure. Ce qu'il vous faut, c'est une femme
sur laquelle ne puisse jamais planer aucun soupçon,
dont le passé soit aussi pur que son cœur. Vous la
trouverez et vous serez heureux. Ne croyez pas
cependant qu'en vous écrivant ainsi, je veuille à
jamais vous éloigner de moi. Mais vous comprendrez qu'en ce moment, j'ai trop besoin de tout mon
courage pour accepter votre présence ici, alors que
je tremble en vous ouvrant mon cœur pour vous
faire mesurer l'étendue de mon sacrifice, et en vous
avouant que j'allais vous aimer.

» Un mot encore. Je connais votre vaillance et la
grandeur de votre âme. Je sais qu'après avoir reçu
cette lettre, vous êtes capable d'aller provoquer le
prince Pogoutzine et d'exposer vos jours pour abréger
les siens. Si j'ai quelque pouvoir sur vous, je vous
ordonne de n'en rien faire, et si ce pouvoir n'existe
pas, je vous supplie de ne pas vous battre pour moi,

car si je suis décidée, Pogoutzine vivant, à ne pas me marier, je ne suis pas moins décidée à n'épouser jamais celui qui l'aurait tué. »

Tels étaient les passages les plus saillants de cette lettre qui, malgré le langage presque tendre par lequel elle se terminait, langage où l'on pouvait entrevoir encore une espérance, plongea Guilleragues dans le plus cruel désespoir. Il resta là, durant plusieurs heures, marchant dans sa chambre, relisant la lettre de Suzanne, gémissant sur son bonheur perdu. Ce qui le navrait surtout, c'était la défense que lui faisait Suzanne de se battre avec Pogoutzine. L'aimait-elle donc encore? Non, et certaines expressions de sa lettre l'attestaient clairement. Mais Guilleragues, dans sa douleur, ne comprenait pas qu'en empêchant un duel où sa vie aurait été exposée, Suzanne lui prouvait qu'elle tenait à ses jours.

La nuit vint sans qu'il la vît venir. Il continua à pleurer, à réfléchir à la situation douloureuse qui frappait de stérilité ses rêves les plus doux.

Tout à coup, vers minuit, Robert entra. Il était pâle, mais ses yeux brillaient d'un éclat inaccoutumé. Ils étincelaient de colère froide et contenue. Guilleragues ne remarqua pas ces symptômes, qui témoignaient chez Lagardie d'une émotion violente. Mais ce dernier comprit, en voyant les traits de son ami, les souffrances qui le torturaient en ce moment. Il s'avança vers lui, le frappa légèrement sur l'épaule, et lui dit :

— Un peu de courage ; ne te désespère pas. Rien n'est perdu.

Et comme Guilleragues l'interrogeait d'un regard, il ajouta :

— Je me bats demain avec Pogoutzine !

— Toi ! s'écria Guilleragues, alors que je m'étais juré que moi seul...

Lagardie l'arrêta :

— Tu aurais eu tort. Tu n'as aucun droit pour punir le séducteur de Suzanne, et tu vois qu'elle-même t'a signifié sur ce point sa volonté. Mais elle ne m'a rien interdit à moi, et comme je juge qu'il faut faire cesser une situation fausse, déplorable, et qu'un duel peut seul nous en faire sortir, j'ai provoqué Pogoutzine.

— Mais s'il te tue !

— S'il me tue, Suzanne obéira à mes dernières volontés qui lui enjoindront d'écouter son cœur et d'accepter ta protection pour suppléer à la mienne qui lui manquera. Si, au contraire, c'est moi qui le tue, ou si seulement je le blesse assez grièvement pour le rendre infirme et le condamner à retourner en Russie, les scrupules de Suzanne n'auront plus de cause et rien ne l'empêchera de t'épouser. Dans les deux cas, elle sera ta femme !

— Mais, tu te sacrifies ! s'écria Guilleragues.

— Je venge ma sœur, voilà tout. Quand on est le protecteur d'une femme, mari, frère, père, amant, on est tous les jours exposé à rencontrer un insolent et à se battre avec lui. C'est un malheur. Je le subis aujourd'hui, très décidé, je te le déclare, à défendre ma vie.

Quelque gaieté qu'affectât Lagardie, Guilleragues était ému jusqu'aux larmes, en l'entendant. Le peintre s'en aperçut.

— Gardons-nous de nous attendrir, lui dit-il. J'ai besoin de tout mon sang-froid, pour faire divers préparatifs et prendre quelque repos. Le combat aura lieu en Belgique. Nous partons demain matin à huit heures.

— Tout est-il donc arrêté? demanda Guilleragues. Ne suis-je pas ton témoin?

— Non, certes, répondit Robert. S'il y a un malheur, il importe qu'aux yeux de Suzanne, tu n'y aies eu aucune part. J'ai pris pour témoins un ancien camarade d'atelier et un officier, autrefois aide de camp de mon père. Mais tu nous accompagneras. Quoi qu'il arrive, je veux t'avoir près de moi.

D'un regard, Guilleragues remercia son ami. Puis, il l'interrogea, pour connaître les circonstances qui avaient décidé le duel. Lagardie les lui révéla. Voici ce qui s'était passé.

XXV

Bien que le ressentiment de Lagardie, contre le prince Pogoutzine, fût toujours aussi entier que légitime, le peintre, — on s'en souvient, — avait résolu de ne le faire éclater qu'autant que le bonheur de Suzanne serait compromis. Mais, si elle parvenait à oublier assez le passé pour n'avoir plus à en souffrir, si elle consentait à accorder sa main à Guilleragues, si elle assurait ainsi le repos de sa vie, Lagardie était disposé à renoncer à tous les projets de vengeance que la colère lui avait d'abord inspirés. Si Suzanne avait connu les dispositions de son frère, elle n'aurait pas hésité à passer sur les scrupules de sa conscience, et à épouser Guilleragues, alors même qu'elle eût été assurée de faire ainsi son propre malheur. La pensée que Robert exposait ses jours pour la venger lui eût été odieuse, et il n'était pas de sacrifices qu'elle n'eût consentis pour lui éviter un péril. Mais elle ne savait rien de ces résolutions, et ce fût dans la pleine liberté de ses sentiments, qu'exagérant ses torts et ses craintes, elle écrivit à Henri de Guilleragues la lettre qu'on a lue dans le chapitre précédent.

Lagardie reçut cette lettre, avec celle que sa sœur lui adressait, pour expliquer et confirmer sa décision. Il les lut l'une et l'autre ; sur-le-champ, son parti fut pris. Il n'eut pas besoin de discuter avec lui-même. Toutes les réflexions que peut suggérer la perspective d'un duel à mort, il les avait faites depuis six mois. Puisque Pogoutzine était un obstacle au bonheur de Suzanne, il fallait l'obliger à quitter la France à jamais ou le tuer !

La conscience de Lagardie ne se révoltait pas à cette pensée : d'abord, parce qu'il jouait sa propre vie pour avoir celle de son ennemi ; ensuite, parce que les motifs qui le poussaient à ces extrémités étaient aussi nobles que légitimes, et atténuaient, en quelque sorte, ce qu'il peut y avoir d'horrible dans la rencontre de deux hommes décidés à donner la mort ou à la recevoir.

Il sortit, laissant la lettre de Suzanne dans la chambre de Guilleragues, où ce dernier l'avait trouvée, et se mit en quête de témoins. Deux de ses amis, un peintre et un officier, consentirent à lui rendre le service dont il avait besoin, sans exiger qu'il leur fît connaître les causes du combat. Il les pria de rester, durant toute la soirée, à sa disposition, chez l'un d'eux. Puis, avant de les quitter, il leur dit :

— J'ai l'espoir de rencontrer mon adversaire tout à l'heure. Il vous enverra ses témoins sur-le-champ. Bien que j'aie été gravement insulté par cet homme, et que je sois le véritable offensé, comme je veux tenir son insulte secrète, je vais le provoquer et l'injurier, afin que la rencontre ait, à côté de la cause réelle qui doit rester ignorée, une cause apparente. J'accepte donc, dès à présent, afin d'éviter toute discussion entre les témoins, le rôle d'offenseur. Ne cherchez pas à arranger l'affaire, elle est de celles qu'on n'arrange pas. Le choix des armes m'est indifférent. Je n'ai qu'un désir à exprimer, celui de me battre demain, et de me battre en Belgique.

Il parlait avec une tranquillité et un sang-froid qui étonnèrent l'un de ses témoins, son camarade d'atelier, mais non l'autre, l'officier, qui avait appartenu à l'état-major du général Lagardie, et trouvait naturel que le fils eût hérité du courage du père.

A cinq heures, Lagardie, qui savait que le prince Pogoutzine était à Paris, et qui connaissait ses habitudes, se rendit au cercle de la Paix. Il avait la certitude de l'y rencontrer. Le prince, en effet, venait tous les jours à son club faire un whist, avant son dîner. Il y était. Tandis qu'on allait le prévenir, Lagardie entra dans un parloir réservé aux personnes étrangères au cercle. Il attendit environ dix minutes. Puis le prince parut.

— Que désirez-vous, monsieur ? dit-il avec hauteur, et sans chercher à cacher l'ennui que doit éprouver un homme qu'un importun vient troubler dans ses plaisirs.

— Ne vous doutez-vous pas de l'objet de ma visite ? demanda Lagardie.

— Nullement.

— Vous avez la mémoire courte, à ce que je vois. Je vais alors m'expliquer.

En parlant ainsi, il s'était assis, bien que le prince ne l'y eût pas invité. Obligé d'en faire autant, Pogoutzine prit place à côté de lui.

— A la suite de relations, dont je n'ai pas, comme vous, perdu le souvenir, reprit Lagardie, vous m'avez très gravement insulté dans la personne de ma sœur, dont je suis le protecteur. Vous avez tenté de la séduire, et vous n'avez pas craint de nous tendre, à elle comme à moi, un piège infâme, afin de la priver de mon secours et de me mettre dans l'impuissance de la défendre. Vos honnêtes projets ont été déjoués. J'ai sauvé ma sœur de vos mains, mais l'offense reste, et je viens vous en demander raison.

Pogoutzine sourit dédaigneusement, et répondit :

— Vous vous y prenez bien tard ! ‹

— Par votre faute! se hâta de répondre Lagardie, car, dans la nuit où j'étais chez vous, vous eûtes le soin de vous soustraire, par la fuite, à ma colère, et, le lendemain, vous aviez quitté Paris.

Le prince l'interrompit par ces paroles, prononcées non sans ironie :

— Faites-moi l'honneur de croire, monsieur, que

je ne vous fuyais pas ! je voulus éviter un scandale, dans l'intérêt de votre sœur, non moins que dans le mien. A qui donc auriez-vous fait croire qu'elle était chez moi contre son gré ?

— C'était la vérité, cependant.

Pogoutzine ne répondit pas.

— En tout cas, reprit Lagardie, il ne s'agit plus aujourd'hui de décider si, à cette époque, vous avez, ou non, pris la fuite. Nous avons une querelle à vider. Veuillez désigner vos témoins, ils s'entendront avec les miens.

Pogoutzine écoutait les paroles de Lagardie, et lui répondait sans que sa physionomie laissât rien deviner de ses impressions. C'était toujours ce sourire narquois, stéréotypé sur ses lèvres, qui semblait dire à Lagardie :

— Je me moque de vous et de vos colères !

— Vous m'avez entendu ? dit ce dernier. Êtes-vous prêt à me donner satisfaction ?

— Mais, il faudra faire connaître à nos témoins l'objet de ce duel, répondit Pogoutzine. Ne craignez-vous pas de compromettre votre sœur ?

— C'est un scrupule qui vous arrive tardivement, prince. Si vous l'aviez eu plus tôt, je ne serais pas dans la nécessité de vous demander raison. Mais soyez sans inquiétude, mes témoins n'exigent pas que je leur révèle la cause de notre rencontre. Vous n'aurez aucune peine à trouver deux de vos amis, qui ne seront pas plus exigeants. Nous nous battrons,

en apparence, pour un motif des plus futiles, si vous
le voulez bien. N'avez-vous pas été l'amant de
Mlle Jeanne Aubry? J'ai failli l'être aussi. Voilà un
motif tout trouvé. En tous cas, ma sœur ne peut plus
être compromise.

Pogoutzine se méprit au sens de ces paroles. Il regarda Lagardie. Il le vit vêtu de noir, — car ce dernier portait encore le deuil de sa mère.

— Mlle Lagardie est morte ! s'écria le prince, dont
le visage pâlit légèrement et devint sérieux.

— Morte ou vivante !... qu'importe ! répondit Lagardie. Je suis ici, non pour vous rendre des comptes,
mais pour la venger !...

Pogoutzine garda le silence. Il réfléchissait. Quel
que fût son courage, la froide colère de ce jeune
homme le troublait. Et puis, la pensée que la belle et
adorable enfant qui l'avait aimé ne vivait plus, qu'il
était peut-être responsable de sa mort, lui causait
une de ces terreurs dont les hommes les plus audacieux sont saisis, alors qu'ils ne peuvent descendre
dans leur conscience sans y entendre des reproches
amers. Sous le poids de cette terreur, il se sentait
faible ; il lui semblait que, sur le terrain, les armes
ne seraient pas égales, et que sa main tremblerait.
Il redoutait une défaite, lui qui n'avait jamais connu
la peur.

— Ma foi, monsieur, dit-il tout à coup, les souvenirs que vous venez de réveiller en moi sont déjà
bien lointains. J'avais oublié toutes ces choses. Je ne

veux pas y revenir. J'ai aimé votre sœur, elle m'a
aimé. Je ne vois pas que ceci vaille d'aller sur le
terrain.

— Vous avez trompé ma sœur ! vous lui avez promis de l'épouser, alors que, marié déjà, vous saviez
que cette promesse était irréalisable... Vous l'avez
trompée ! vous avez voulu la souiller !... Son bonheur
détruit, son repos perdu, les larmes qu'elle a versées,
la honte qu'elle a subie, demandent vengeance ; vous
ne pouvez me refuser la satisfaction que je sollicite
de vous.

— Je refuse de vous l'accorder, monsieur, répondit
Pogoutzine, qui se leva pour sortir.

Lagardie se leva aussi, et lui dit :

— Veuillez bien considérer que le parti que vous
prenez est indigne d'un homme d'honneur !

Il s'efforçait de demeurer calme, quelle que fût la
colère qui grondait en lui.

Marchant lentement, et à reculons, le prince se
dirigeait vers la porte. Il s'arrêta pour répondre à
Lagardie. Il le fit en ces termes :

— Je suis seul juge de ce qui est digne de mon
honneur, monsieur. Je n'ai aucun compte à rendre
des relations qui ont eu lieu entre votre sœur et moi.
Je ne crois pas que ni vous ni d'autres ayez le droit
de l'exiger. Je refuse donc de me battre pour ce
motif.

— Vous vous battrez pour un autre, alors !

— Il ne saurait y en avoir d'autre entre nous !

— Est-ce votre dernier mot ?

— Assurément.

Au moment où il prononçait cette parole, Pogoutzine touchait la porte. Il allait sortir, échapper à Lagardie, lorsqu'entrèrent, dans le parloir, deux personnes étrangères, introduites par un valet de pied.
Le prince dut reculer, pour leur laisser le passage
libre. Cette circonstance permit à Lagardie de
prendre un parti. Ils n'étaient plus seuls maintenant.
L'occasion était trop belle pour n'en pas profiter. Il
s'élança vers le prince, qui ne s'attendait pas à cette
agression ; lui parlant dans les yeux, il l'apostropha
vivement :

— Vous êtes un lâche ! mais je vous forcerai bien
à vous battre avec moi.

En même temps, sa main droite, qu'il avait levée,
retomba violemment sur le visage de Pogoutzine.
Celui-ci bondit, saisi de fureur, proférant des injures,
et voulut s'élancer sur Lagardie ; mais il en fut
empêché par les personnes présentes.

— M'enverrez-vous vos témoins, maintenant ? lui
demanda Lagardie, d'une voix qu'il s'efforçait de
rendre ferme. Je les attends ici.

— Ils vont y venir, répondit Pogoutzine, que la
colère rendait fou... Et, demain, mon petit monsieur, je vous tuerai !...

— Enfin ! s'écria Lagardie, dont tout le corps fut
alors saisi d'un tremblement nerveux, qu'il parvint
cependant à vaincre...

Il resta seul, pendant dix minutes, dans le parloir,
où cette scène venait de se passer. Au-dessus de sa
tête, il entendait des bruits de pas et de voix. Pogoutzine racontait à tous les membres du club, au milieu
de l'émotion générale, qu'il venait d'être odieusement
insulté par un peintre, comblé de ses bienfaits. Et,
d'une voix altérée, tout en essayant d'effacer de sa
joue la trace encore brûlante du soufflet qu'il venait
de recevoir, il criait :

— Le drôle ! je le tuerai !...

Hermann-Pacha et lord Podwer se trouvaient là:
Il les pria d'être ses témoins, de descendre au parloir, où ils trouveraient ce misérable, et de lui demander l'adresse des siens. Ils obéirent ; et, gravement, pénétrés de toute l'importance de leur mission,
ils se hâtèrent de rejoindre Lagardie, qui répondit à
leurs questions de manière à les satisfaire.

Les quatre témoins s'abouchèrent une heure après.
La conférence eut lieu chez l'un d'eux. Lagardie en
attendait le résultat en se promenant devant la maison. Elle dura peu de temps. Ces messieurs s'entendirent à merveille. Ceux qui représentaient Pogoutzine voulurent réclamer pour leur client la qualité
d'offensé. Mais les seconds de Lagardie, bien qu'ils
eussent toute latitude pour résoudre cette question,
maintinrent les droits de leur ami. L'officier, qui
avait l'habitude de ces sortes d'affaires, fit observer
que si M. Robert Lagardie avait souffleté le prince
Pogoutzine, ce n'était que sur le refus de celui-ci de

lui rendre raison d'une injure antérieure, qui devait
rester ignorée. Le véritable offensé était donc M. Robert Lagardie. Hermann-Pacha et lord Podwer ne
contestèrent pas ce point de vue ; et, comme d'ailleurs leur client les laissait également libres, l'accord
s'établit rapidement.

Il fut convenu qu'afin de se soustraire aux pour-
suites judiciaires, on irait en Belgique. Les adversaires, les témoins, un médecin, et M. de Guilleragues, ami de M. Lagardie, devaient partir, le lendemain, pour Spa, dès le matin. On avait choisi cette
ville, parce que lord Podwer y possédait une maison,
entourée d'un jardin, où la rencontre pourrait avoir
lieu sans exciter la curiosité publique, et à proximité
des premiers soins. On devait se battre au pistolet,
les adversaires étant placés à trente pas, chacun
d'eux restant libre d'en faire dix, et de tirer à volonté
un seul coup.

Ces dispositions prises, les témoins se séparèrent,
afin d'aller les communiquer à leurs clients. Lagardie
remercia ses deux amis, et les quitta vers huit heures,
après leur avoir donné rendez-vous pour le lendemain
matin, à la gare du Nord, d'où l'on devait partir. Il
se rendit chez la comtesse Touazig ; il ne voulait pas
se séparer d'elle sans lui faire ses adieux ; il ne lui
cacha pas la cause de son départ.

En apprenant qu'il se battait le lendemain, la
comtesse se montra plus alarmée que surprise. Depuis longtemps, elle redoutait cet événement, ayant

compris qu'il était presque inévitable. Ses yeux se
remplirent de larmes. Elle devint faible, au point de
croire qu'elle n'aurait pas le courage, au moment de
voir partir son ami, de lui dissimuler qu'elle l'aimait... Hélas ! allait-il mourir, sans avoir connu le
mal qui la tuait elle-même ?

Cependant elle retint les aveux, prêts à sortir de
sa bouche. Lagardie avait besoin, pour le lendemain,
de tout son sang-froid. Elle ne voulut pas l'émouvoir
ni l'affaiblir par des révélations inutiles. D'ailleurs,
elle ne fit rien pour le décider à renoncer à ce duel ;
elle ne se montra pas moins courageuse que lui. Elle
mit même un soin tout particulier à s'informer du
nom des témoins et des conditions du combat. Et
lorsque Lagardie la quitta, elle lui dit, non pas adieu,
mais au revoir. Restée seule, elle demanda sa voiture, se fit conduire chez lord Podwer, qu'elle n'avait
pas vu depuis quelques mois, mais qu'elle espérait
trouver complaisant, dévoué, docile, et rendre favorable au dessein qu'elle venait d'arrêter.

XXVI

On partit de Paris le lendemain matin à huit
heures. Lagardie, ses deux témoins et Guilleragues
prirent place dans un wagon, le prince Pogoutzine,
Hermann-Pacha, lord Podwer et le médecin dans un
autre. Des deux côtés, la route se fit gaiement. Bien
qu'on fût en hiver, un bon soleil réchauffait la terre.
Le nombre des voyageurs était considérable. A
chaque station, l'on en déposait et l'on en reprenait
de nouveaux. Ce mouvement, la beauté des paysages,
pittoresques même en leur nudité, l'entretien de ses
compagnons auquel il prit part, tous les mille riens
du voyage charmaient et intéressaient Lagardie. Il
montra une incomparable liberté d'esprit. On s'arrêta
pour déjeuner. Il mangea peu, mais de bon appétit,
et lorsqu'on arriva à Spa, il était frais et dispos
comme s'il n'eût pas passé plusieurs heures en wagon.

On se rendit sur-le-champ à la maison de lord

Podwer, habitée en son absence par un jardinier. Prévenu par une dépêche, celui-ci avait allumé de grands feux dans plusieurs chambres, et lorsque nos personnages entrèrent dans l'habitation coquette et chaude, on aurait pu croire qu'ils y arrivaient pour une partie de plaisir et non pour un combat qui vraisemblablement devait se terminer par la mort de l'un d'eux.

Cependant, lord Podwer paraissait préoccupé. Il allait et venait, donnait à voix basse des ordres à son jardinier qui, à un moment, disparut et introduisit mystérieusement dans le jardin une femme dont le visage était caché sous un voile épais.

C'était la comtesse Touazig. La veille, elle s'était rendue chez lord Podwer, son ancien adorateur, et lui avait dit :

— M. Lagardie est mon amant. Il me cache ce duel, mais s'il est blessé, je veux être auprès de lui. J'attends de vous qu'à l'insu de tout le monde, vous me mettiez à même d'assister à ce combat.

Lord Podwer avait longtemps résisté, mais les prières de la comtesse, vis-à-vis de laquelle il se sentait toujours faible et que, même à cette heure, après les aveux qu'elle venait de lui faire, il eût épousée si elle avait voulu y consentir, ces prières eurent raison de ses scrupules.

Placée dans le wagon destiné aux femmes seules, elle fit ce voyage la mort dans l'âme, mais pleine de courage, en se disant que si Lagardie succombait dans cette lutte, elle aurait du moins la joie de recevoir son dernier soupir.

En arrivant à Spa, elle suivit de loin Lagardie et ses témoins, et, grâce aux précautions prises par lord Podwer, elle put, sans être vue, entrer dans le jardin. C'est là qu'il vint la retrouver. Elle était si pâle, tant de tristesse se lisait dans son regard, ses yeux brillaient d'une ardeur si étrange qu'il eut pitié d'elle et se repentit de sa faiblesse.

— Je vous en supplie, lui dit-il, renoncez à demeurer ici ; je vais vous faire conduire à l'hôtel, et, quoi qu'il advienne, je vous jure d'aller vous en avertir sur-le-champ.

— Ma volonté est irrévocable. Je veux voir le combat. Vous avez promis de m'y faire assister, j'exige l'exécution de votre promesse.

Il soupira, et sans ajouter un mot, il la conduisit dans un petit kiosque situé à l'extrémité d'une allée assez large, bordée d'un côté par la pelouse qui s'étendait devant la maison, de l'autre par des massifs de noisetiers pressés les uns contre les autres et formant un épais fourré.

— Puisque vous le voulez, dit-il, restez ici. Vous pourrez tout voir sans être vue. On se battra sans doute dans cette allée. Il n'y a pas dans le jardin de place meilleure. Ah ! comtesse, combien je me reproche ma faiblesse !

— Allez sans crainte, répondit-elle en souriant ; soyez discret et, quoi qu'il advienne, je vous remercie

16

de cette condescendance que vous vous reprochez et
qui vous donne pour jamais des droits imprescrip-
tibles à mon amitié.

— Hélas ! murmura-t-il, j'avais rêvé mieux.

En disant ces mots, il prit la main de la comtesse,
y déposa un baiser et s'éloigna en toute hâte. Il avait
à peine disparu que la comtesse s'élança hors du
kiosque, courut se cacher à droite de l'allée, dans
l'un des fourrés où elle pénétra, non sans déchirer
son visage et sa robe aux branches épineuses qui
poussaient dans tous les sens au gré de leur caprice.
Elle demeura là, blottie derrière les piliers qui soutenaient la frêle construction qu'elle venait de quitter.

Dix minutes s'écoulèrent. Son cœur battait violemment. Elle ne sentait pas le froid qui l'envahissait
peu à peu, bleuissait ses joues, roidissait ses pieds et
ses mains. Enfin, elle vit s'avancer les quatre témoins.
Ils causaient entre eux, étudiant le terrain, cherchant
une place propice, et parurent, après un court débat,
se rendre à l'avis de lord Podwer, qui désignait l'allée
du kiosque.

Lagardie et Pogoutzine parurent presque aussitôt.
Ils étaient l'un et l'autre vêtus de noir. Ce qui frappa
tout d'abord la comtesse, ce fut la fermeté qui régnait sur le visage de Lagardie. Elle se sentit rassurée
et ne le quitta plus des yeux, tandis que les témoins
préparaient le combat. Deux d'entre eux chargèrent
les pistolets. Les deux autres tirèrent au sort le choix
des places. Le sort fut favorable à Lagardie, qui vint

se placer du côté du kiosque. Il était à quelques pas
seulement de la comtesse. Elle put alors mieux se
convaincre qu'il ne tremblait pas.

Mais combien ces préparatifs étaient longs ! Elle
mourait d'impatience et d'anxiété. Bientôt, l'un des
témoins s'approcha de Lagardie et mesura trente
pas dans la longueur de l'allée. Puis, les deux adversaires étant placés, on appela le médecin resté dans
la maison avec Guilleragues, et dont la présence
était indispensable sur le lieu du combat.

C'était un jeune homme. Il en était à sa première
affaire, et bien qu'il eût vingt fois assisté aux opéra-
tions chirurgicales les plus terribles, il était plus
ému que les combattants. Il courut à eux tour à tour,
afin de savoir s'ils avaient mangé depuis longtemps.
Ce renseignement lui était nécessaire, dans le cas où
il serait obligé de donner des soins.

— Je n'ai rien pris depuis ce matin, répondit brusquement Pogoutzine.

— Moi, j'ai déjeuné légèrement, voici deux heures,
monsieur, dit Lagardie en souriant. Mais soyez sans
inquiétude, j'ai l'assurance que vos soins ne me
seront pas nécessaires.

Aucune de ces paroles n'échappait à la comtesse.
Elle se sentait défaillir. Tout son sang s'était glacé
dans ses veines. Elle était pressée du besoin de crier.
Ses dents serrées, enfoncées dans ses lèvres, attestaient l'effort horrible qu'elle s'imposait pour garder
le silence. Tout à coup, elle vit les témoins remettre

les armes aux adversaires. Elle fit un dernier appel à son courage, et, cramponnée à un arbre, elle regarda.

Les témoins s'éloignèrent. L'un d'eux frappa trois fois dans ses mains. Lagardie marcha sur-le-champ vers Pogoutzine, la figure impassible, s'effaçant le plus qu'il pouvait, l'un de ses bras immobile le long de son corps, l'autre tenant son arme à la hauteur de l'œil. Il mesura cinq pas et tira, au moment où Pogoutzine, qui en avait mesuré trois, posait le doigt sur la détente de son pistolet.

Le prince fut atteint avant d'avoir fait feu. Il chancela ; ses genoux fléchirent. On crut qu'il allait tomber. Il resta debout cependant, et portant la main à son ventre, il s'écria :

— Il m'a tué !

Lagardie s'élança vers lui :

— Vous êtes blessé, monsieur ?

— Ne remuez pas, répondit Pogoutzine d'une voix farouche, bien qu'altérée. Je n'ai pas tiré : j'ai le droit de vous tuer.

Lagardie se remit en place et demeura immobile.

Cependant, la comtesse éperdue avait fait quelques pas dans le fourré, sans songer qu'elle pouvait être vue. D'un œil anxieux et plein d'exaltation, elle suivait les mouvements de Pogoutzine. Il releva le bras avec une roideur automatique, avec une horrible lenteur, visa Lagardie durant six secondes et pressa la détente de son arme.

Le coup partit et atteignit, non Lagardie, mais la

comtesse qui, se précipitant hors de sa retraite, s'était jetée au-devant de lui. Elle reçut la balle en plein corps et tomba, tandis que Lagardie et les témoins stupéfaits de ce dénoûment inattendu accouraient vers elle.

Quant à Pogoutzine, l'effort qu'il venait de faire pour tuer Lagardie était le dernier, le suprême effort d'un homme qui agonise. Sans avoir même le temps de se rendre compte de l'effet du coup qu'il venait de tirer, sans prononcer une parole, il s'affaissa sur ses genoux et roula mort sur le sol.

— C'est fini pour lui, dit le médecin qui s'était élancé à son secours.

La balle, entrant par le ventre avait, perforé les intestins.

Quant à la comtesse, bien qu'immobile, elle vivait encore ; mais le médecin n'eut pas à l'observer long-temps pour voir que sa blessure était mortelle. On la releva doucement pour la transporter dans la maison où Guilleragues attendait, anxieux, l'issue du combat. En voyant Lagardie vivant, il poussa un cri de joie et se jeta à son cou. Mais celui-ci se débarrassa doucement de cette étreinte, et s'adressant aux personnes présentes, il leur dit :

— J'espère, messieurs, que nul de vous ne mettra en doute ma parole lorsque j'affirmerai que j'ignorais la présence de la comtesse Touazig dans cette maison, et que je suis étranger à ce déplorable dénoûment.

— Monsieur dit vrai, répondit lord Podwer, je suis seul coupable.

Et en quelques mots, il raconta les circonstances qui expliquaient l'intervention inattendue de la comtesse.

— Elle vous a dit que j'étais son amant, s'écria Lagardie. Ah! messieurs, rien n'est moins vrai! La pauvre femme n'a pas reculé devant un mensonge qui la déshonorait, pour être auprès de moi à mon insu, pour me protéger. Je jure ici que si elle m'a aimé, je l'ai toujours ignoré. Je dois à sa mémoire cette déclaration, la seule conforme à la vérité.

— On vous croit, mon cher Lagardie, lui répondit l'officier. Vous n'avez rien à vous reprocher, vous vous êtes vaillamment conduit et notre procès-verbal le constatera.

Tous les témoins s'inclinèrent d'un commun accord, en signe d'adhésion.

Rien cependant n'aurait retenu Lagardie dans cette maison, s'il n'avait voulu demeurer auprès de la femme qui s'était dévouée pour lui. Elle avait été déposée sur un lit préparé à l'avance à tout événement. Lagardie se rendit auprès d'elle. A son chevet, il trouva le médecin qui, grâce à une médication énergique, venait de lui rendre la connaissance. En voyant entrer Lagardie, elle se souleva légèrement et lui dit, d'une voix presque éteinte :

— C'est vous que j'aimais. C'est pour vous que je meurs. Je suis heureuse, bien heureuse.

Elle ne put continuer et sa tête pâlie retomba sur l'oreiller. Les yeux pleins de larmes, incapable de prononcer une seule parole, tant il était ému, Lagardie s'agenouilla près du lit, et, prenant dans ses mains cette pauvre main, jadis si belle, maintenant amaigrie et creusée, qui reposait sur les couvertures, il la couvrit de baisers. Aux mouvements que faisait la comtesse, il comprenait qu'elle vivait encore.

Jusque dans son agonie, elle s'efforçait de prouver à Lagardie qu'elle était sensible à ses caresses et à ses regrets.

— Elle n'a pas une heure à vivre, dit le médecin à Guilleragues, qui l'interrogeait.

— Je voudrais un prêtre, murmura la comtesse.

Guilleragues courut à l'église la plus proche, d'où il ramena un vieillard qui s'entretint seul avec la mourante durant quelques instants. La pécheresse, réhabilitée par le dévouement et l'amour, se réconcilia avec Dieu et mourut dans la soirée.

Le surlendemain, les deux amis rentrèrent à Paris. Un récit de l'événement les y avait précédés et, publié par les journaux, avait fait en quelques heures autour du nom de Lagardie une célébrité plus grande que celle qu'il devait à son talent. Il trouva dans sa maison des lettres, des cartes de visite, et il n'eût tenu qu'à lui de prendre l'attitude d'un héros.

Mais son cœur était trop triste pour qu'il pût être sensible à ces démonstrations qui lui prouvaient que l'opinion publique, bien qu'ignorante des causes du duel, était cependant avec lui. Même lorsque les armes sont égales, même lorsqu'on a le droit pour soi, on n'ôte pas impunément la vie à l'un de ses semblables, eût-il mérité vingt fois de mourir.

L'horrible extrémité à laquelle Lagardie avait été réduit pour assurer le repos de sa sœur, les motifs qui justifiaient sa conduite, ne le consolaient pas aisément du résultat qu'il avait cependant souhaité. Dès ce moment, il commençait à ressentir cette mélancolie incurable, qui a exercé depuis une si grande influence sur son talent et qui ne se dissipera jamais.

Durant deux jours, il resta chez lui, ne voyant personne que son cher Guilleragues, dont les consolations fortes, la logique implacable et fière, lui rendirent quelque courage, en lui prouvant qu'il ne devait avoir aucun remords de ce qui s'était passé.

Enfin, il se décida à retourner auprès de Suzanne qui, dans la retraite où elle vivait, n'avait rien appris des événements dont elle était cause. Il avait besoin de tranquillité, de solitude, et Maillanne lui offrait un asile dans lequel il était pressé de rentrer.

— M'accompagneras-tu? demanda-t-il à Guilleragues.

— Non! lui répondit celui-ci; la mort de Pogoutzine laissera dans le cœur de Suzanne une trace profonde. Elle sera longtemps à se consoler, non de l'avoir perdu, mais d'avoir, sans s'en douter, armé son frère contre l'homme qu'elle a aimé. C'est une conséquence que nous n'avions pas prévue. Il faut laisser au temps le soin d'accomplir son œuvre sur ce cœur cruellement éprouvé. Il suffira peut-être d'une année pour effacer ces impressions, et alors j'arriverai avec l'espérance de pouvoir travailler à son bonheur.

Lagardie n'essaya pas de détourner son ami de ce dessein. Il partit seul pour Maillanne. Il y arriva durant une de ces soirées d'hiver qui ont tant de charmes aux champs. Lorsqu'après le dîner, auprès de sa sœur enivrée de joie en le revoyant, il se trouva dans la grande salle à manger qu'éclairait et réchauffait la flamme vive du foyer, paisible dans sa maison, au milieu du village endormi, loin de Paris, il poussa un soupir de soulagement, comme si, entre le passé et l'avenir, venait de se dresser une barrière infranchissable.

Cependant, le nom de Guilleragues n'avait pas encore été prononcé. Ce fut Suzanne qui la première le prononça. Elle était dévorée du désir de connaître l'effet qu'avait produit sa lettre à laquelle Henri n'avait pas répondu.

— Il attend et il espère, dit Robert.

— Qu'espère-t-il ? demanda-t-elle.

— Que tu l'appelles.

— Oh ! jamais, jamais, tant que l'autre vivra.

— L'autre est mort, répondit gravement Lagardie.

Elle poussa un cri de terreur, mais non de regret. Puis, regardant son frère, elle s'écria :

— M. de Guilleragues l'a tué !

Lagardie secoua la tête.

— A moi seul appartenait le droit de punir l'homme qui t'avait offensée.

Ayant ainsi parlé, Lagardie fit connaître à sa sœur tous les détails de la rencontre. Si Suzanne avait été sur le point de plaindre Pogoutzine, comme elle l'oublia vite, quand elle apprit que pour elle son frère avait exposé ses jours !

La mort de la comtesse, le péril que son frère avait couru, lui causèrent une émotion violente qui agita tout son corps jusqu'au moment où, ses yeux versant d'abondantes larmes, elle se sentit soulagée.

Alors, elle s'agenouilla devant Lagardie et, posant sa tête contre cette chère poitrine que le pistolet de Pogoutzine avait menacée, elle prononça ces paroles :

— Robert, je jure de réparer par le dévouement de toute ma vie le mal que je t'ai fait.

Il essaya de l'apaiser en lui prodiguant des caresses comme si elle eût été sa fille, et lorsqu'il la vit plus tranquille, il lui dit :

— Tu souffres, pauvre aimée ; mais il fallait bien te raconter toutes ces choses. Je ne pouvais te les cacher et t'exposer à les apprendre un jour par un autre que par moi. Consens à les oublier, à préparer ton cœur à un amour digne du tien, à te rattacher à la vie dans laquelle tu entres à peine. Songe qu'il y a de par le monde un honnête homme qui t'aime, dont le bonheur est indissolublement lié au tien et à mon propre repos.

Et comme Suzanne ne semblait pas comprendre, il ajouta :

— A mes yeux, le passé ne sera réparé que le jour où, par toi, Henri sera devenu mon frère.

Suzanne baissa la tête sans répondre, demeura immobile un instant; puis, relevant les yeux, elle dit :

— Si la tranquillité de ta vie doit être à ce prix, tu seras heureux.

A dater de ce moment, il n'y eut plus entre eux aucune allusion aux douloureux événements des jours passés. En révélant à sa sœur d'un seul coup toute la vérité, Lagardie avait justement voulu éviter d'avoir à revenir jamais sur ces tristes confidences. On n'y revint pas.

Le temps s'écoula sans que Suzanne parlât de son mariage. Lagardie respecta son silence. Il comprenait que la pauvre enfant, après tant de secousses, ne pouvait retrouver qu'avec le temps la paix de son cœur, et que ces souvenirs terribles ne devaient pas cesser de peser sur elle en un jour.

Durant tout l'hiver qui suivit la mort de Pogoutzine, il la vit abattue, triste, prise de frissons involontaires, toutes les fois que sa mémoire lui retraçait d'une manière trop vive les scènes où elle avait failli puiser l'horreur de la vie. Mais peu à peu, lorsqu'arriva le printemps, ces accès de terreur diminuèrent, en même temps que s'effaçaient les souvenirs.

Elle se rattacha lentement, mais fortement à
l'existence. Elle s'intéressa de nouveau aux grands
spectacles de la nature, aux œuvres d'art, aux infor-
tunes d'autrui, surtout à celles qu'il était en son
pouvoir de soulager.

Lorsqu'elle vit le bonheur que ces améliorations
successives, survenant dans son état, causaient à
son frère, elle redoubla d'efforts pour surmonter le
dégoût qu'elle avait eu de toutes les choses qui
charment la vie, son cœur se rassura, son corps
s'embellit, car la santé ne tarda pas à reparaître sur
son visage en fraîches couleurs, sans rien enlever
toutefois au caractère mélancolique dont s'était re-
vêtue sa beauté.

Un jour vint où il ne lui répugna plus de penser à
son mariage. Elle prit plaisir à s'entretenir de Guilleragues, qu'elle n'avait pas revu, qui l'aimait encore
et qui, toujours plein d'espérance, trompait les lon-
gueurs de l'attente par les puissantes distractions de
voyages lointains. Elle en arriva à envisager avec
sérénité l'avenir qui se déroulait devant elle ; elle se
plut à peupler par sa pensée sa chère solitude de
Maillanne, qu'elle ne voulait plus quitter, d'enfants
blonds et roses qui lui verseraient l'oubli dans leurs
caresses. Elle songeait aux grands devoirs de la maternité. Elle se laissait attendrir par le patient dévouement de Henri de Guilleragues et ne pouvait se
dire sans éprouver une douce volupté qu'elle seule
pouvait le récompenser et le rendre heureux.

Ainsi, conformément aux espérances de Lagardie, le temps accomplissait cette guérison difficile. Mais elle ne fut complète qu'au bout de deux ans. C'est alors que, songeant que l'heure était venue de se décider, Suzanne dit à son frère :

— M. de Guilleragues est libre de venir.

Il ne se fit pas attendre. Il arriva, après avoir organisé sa vie de façon à pouvoir se fixer désormais à Maillanne. Il avait formé mille projets pour embellir ce séjour et charmer l'existence de Suzanne. Ils se marièrent trois mois plus tard.

Suzanne avait alors vingt-deux ans. Sa beauté, un peu assombrie par les orages, était dans tout son éclat. Elle n'abordait pas sa nouvelle vie sans quelque trouble. Elle n'y apportait pas l'amoureuse ardeur qui animait son mari, qu'elle-même avait ressentie pour Pogoutzine ! Mais elle avait résolu de rendre Guilleragues heureux ! Elle espérait dans l'avenir et comptait sur la maternité pour achever sa guérison. Quant à Guilleragues, le jour où il reçut d'elle le premier baiser, son mâle et noble cœur goûta l'une de ces joies suprêmes qui réduisent à rien les douleurs qui vous y ont conduit.

Lagardie ne s'est pas marié. Il partage sa vie entre Maillanne, où les grâces des enfants de Suzanne lui font trouver le temps trop court, et Paris, où le succès est assis à son foyer. Dans son souvenir vit encore et vivra toujours l'image de la comtesse Touazig. Il l'aime morte plus qu'il ne l'avait aimée vivante. Il a pour elle le culte qu'il aurait eu pour une amante adorée.

Lord Podwer n'a pas cessé d'être la gloire, l'esprit et l'honneur du corps diplomatique. On n'en peut dire autant d'Hermann-Pacha. Le pauvre homme occupe à Constantinople une sinécure, et consomme une quantité prodigieuse d'eau-de-vie, — douce manière d'employer ses loisirs. Quant à Jeanne Aubry, elle abandonnait récemment le théâtre pour épouser Guyot-Bussy que ses charmes ont décidément réduit à l'esclavage, et qui est toujours le plus intrépide joueur du cercle de la Paix. On assure qu'il est battu par sa femme lorsqu'il ne gagne pas, — ce qui justifierait suffisamment la prétention qu'il a de ne perdre jamais.

FIN

ÉMILE COLIN — IMP. DE LAGNY

AVIS DE L'ÉDITEUR

Le but de la collection des *Auteurs célèbres*, à **60** *centimes* le **volume**, est de mettre entre toutes les mains de bonnes éditions des meilleurs écrivains modernes et contemporains.

Sous un format commode et pouvant en même temps tenir une belle place dans toute bibliothèque, il paraît chaque quinzaine **un** volume.

CHAQUE OUVRAGE EST COMPLET EN UN VOLUME

En jolie reliure spéciale à la collection, 1 fr. le v

(ENVOI FRANCO CONTRE MANDAT OU TIMBR

PARIS. — IMPRIMERIE E. FLAMMARION, RUE RACINE,

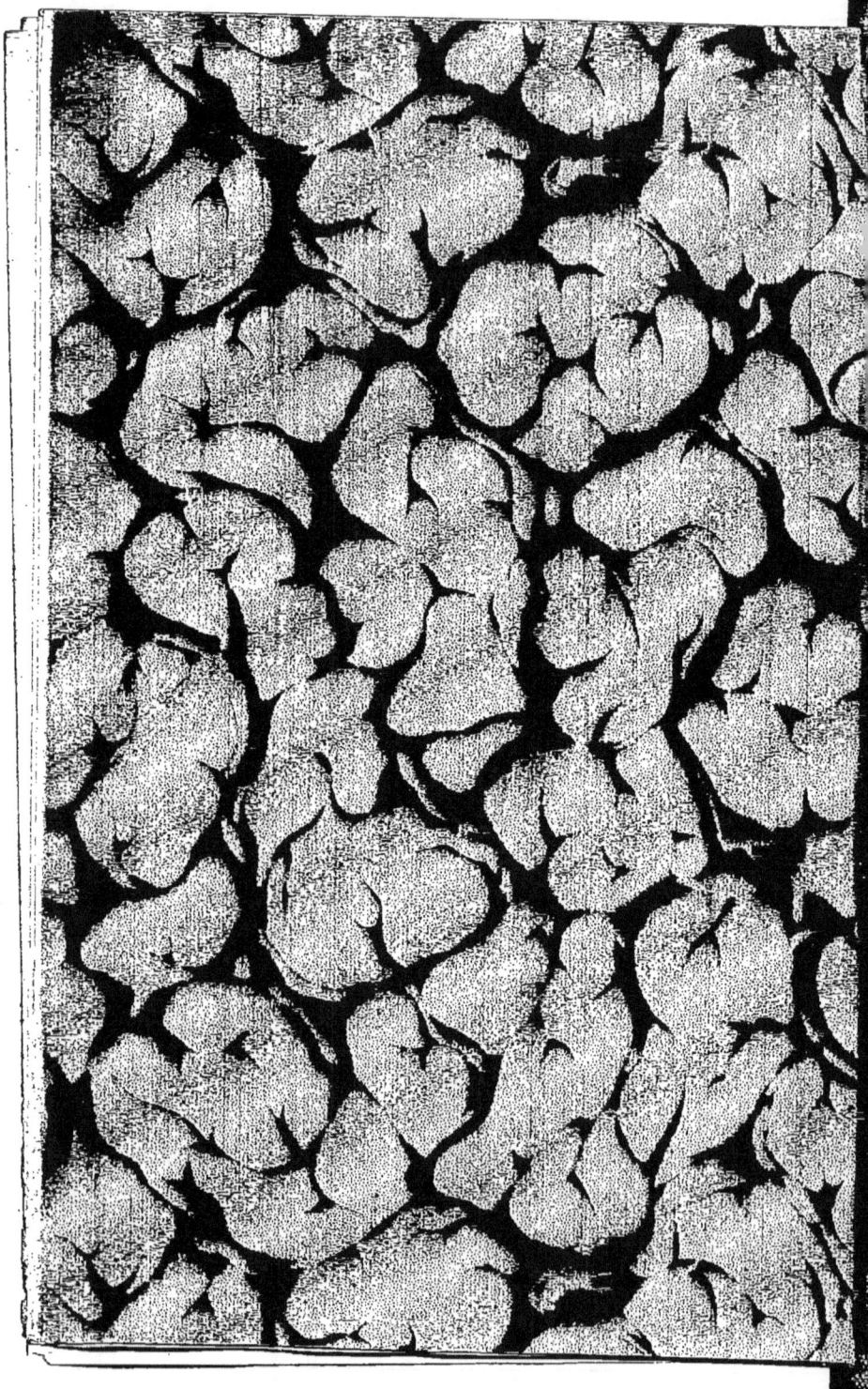

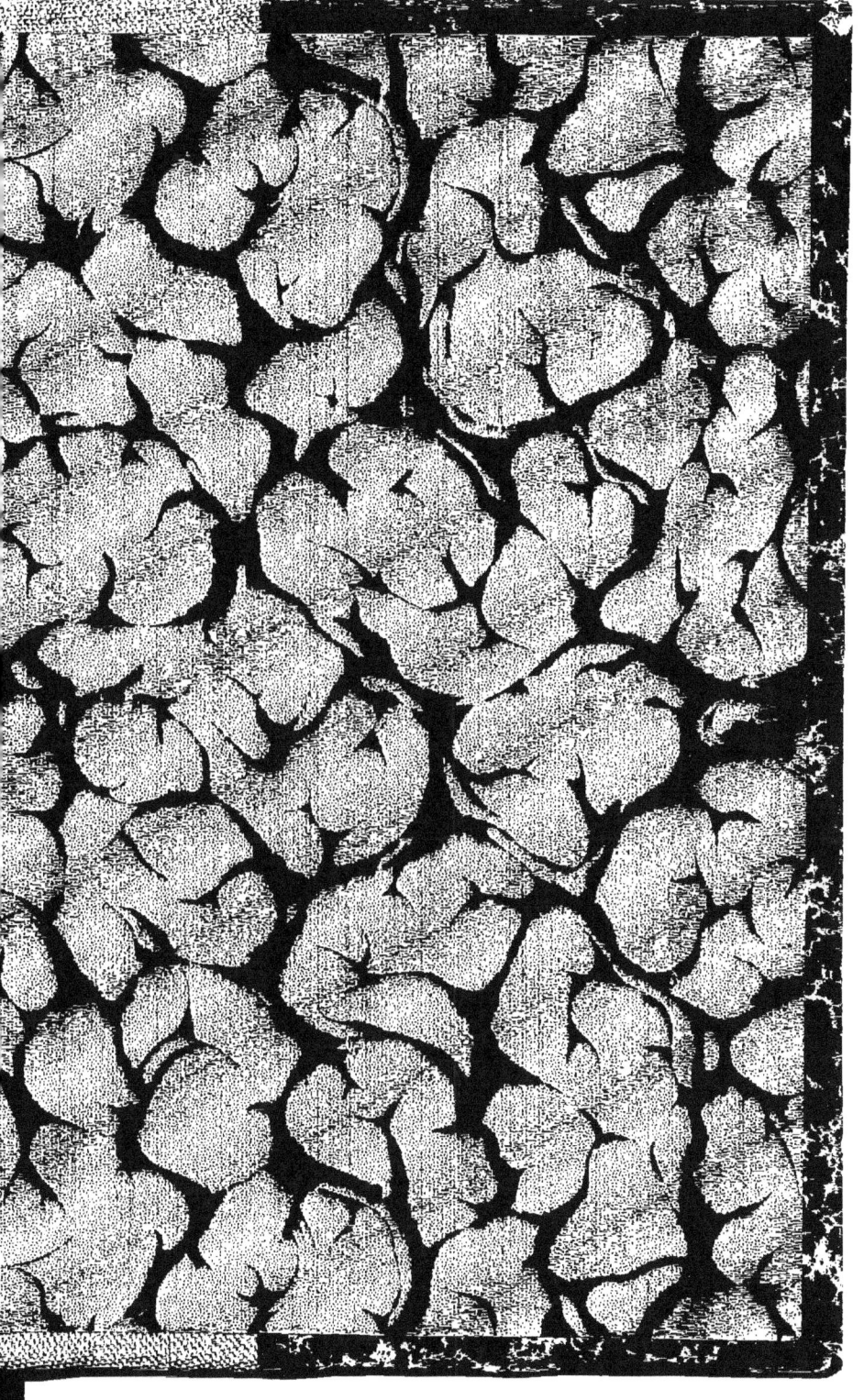

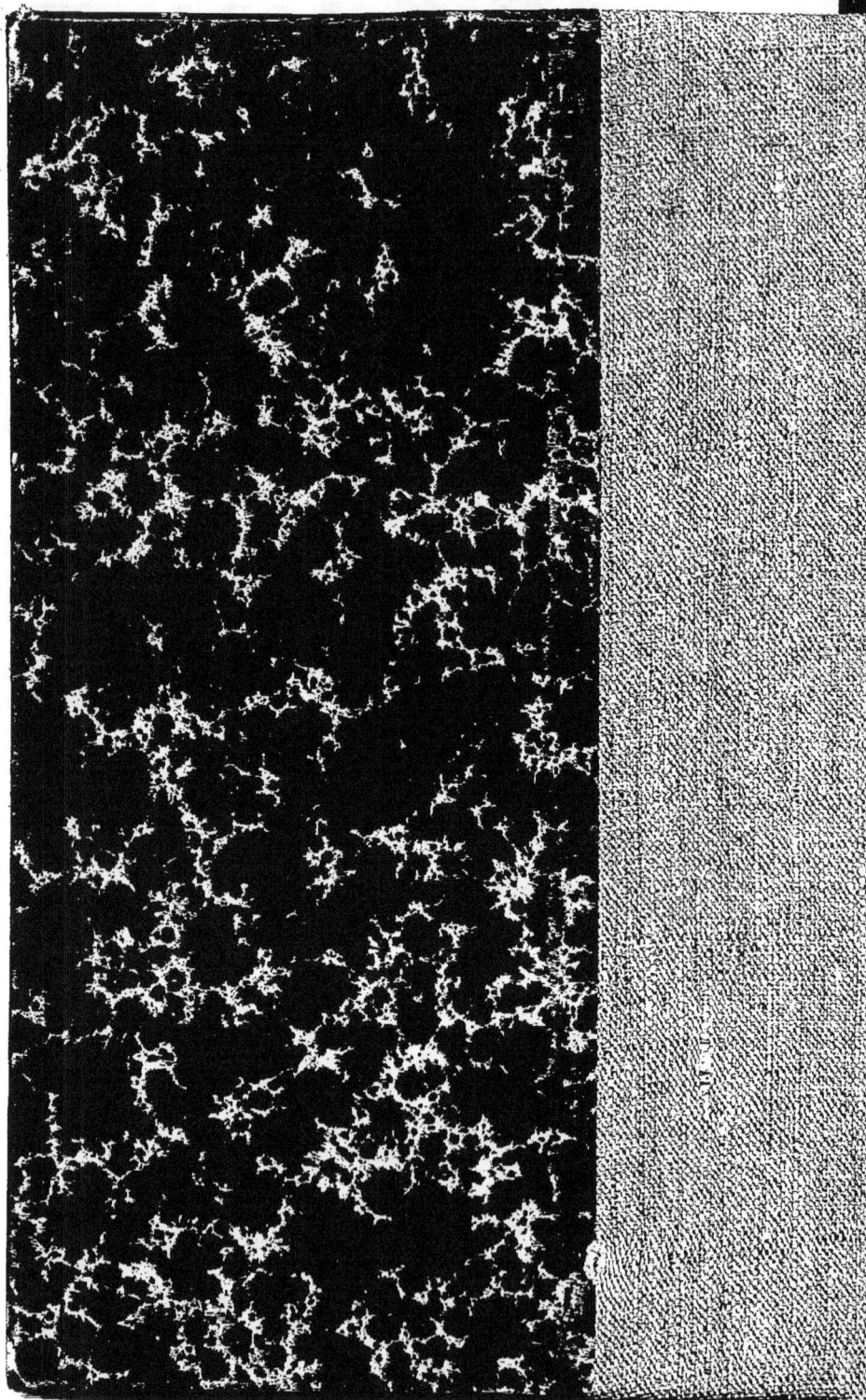